KUWEI
酷威文化
图书 影视

时光不负爱情
我不负你

米娅 ◎ 著

百花洲文艺出版社
BAIHUAZHOU LITERATURE AND ART PRESS

图书在版编目（CIP）数据

时光不负爱情，我不负你 / 米娅著 . — 南昌：
百花洲文艺出版社，2018.3
ISBN 978-7-5500-2640-7

Ⅰ．①时… Ⅱ．①米… Ⅲ．①故事—作品集—中国—当代
Ⅳ．① I247.81

中国版本图书馆 CIP 数据核字（2018）第 009571 号

时光不负爱情，我不负你
SHIGUANG BU FU AIQING WO BU FU NI

米娅 著

出 版 人	姚雪雪
出 品 人	刘运东
特约监制	王兰颖
特约策划	马春雪
责任编辑	袁 蓉
特约编辑	马春雪　张盛楠
封面设计	璞茜设计–李婷婷
封面插画	MORNCOLOUR
出版发行	百花洲文艺出版社
社　　址	南昌市红谷滩世贸路898号博能中心I期A座20楼
邮　　编	330038
经　　销	全国新华书店
印　　刷	北京永顺兴望印刷厂
开　　本	880mm×1230mm　1/32
印　　张	8
字　　数	177千字
版　　次	2018年3月第1版第1次印刷
书　　号	ISBN 978-7-5500-2640-7
定　　价	36.00 元

赣版权登字：05-2018-26
版权所有，侵权必究
发行电话：0791-86895108
网 址：http://www.bhzwy.com
图书若有印装错误，影响阅读，可向承印厂联系调换。

前　言

///

当我写下这些往事的时候，欧洲的冬天眼看要来临。大雨滂沱的黄昏，我坐在车里等待一个漫长的红灯。抬头是道路两旁清冷的悬铃木，低头是阴郁的水洼跟满街数不尽的落叶。而我，望着正前方频频闪烁的转向灯，被生生困成了一座孤岛。

早几年的时候，我曾迎风跨浪，手握藏着刺刀的蜜糖，走过四海八荒。我的裙底藏着江河湖海，眼中渴望着草原茫茫。我宁愿赤脚也停不下反复奔走，热血在体内暗涌，时刻期待着爱上与被爱上。

我想让所有人遇见我，让见过我的人记住我，描述我。让他们说我不羁，说我轻狂，说我微微蹙眉便倾城倾国，说我伤感起来简直忧郁得不像话！

我的双腿奔走在路上，眼睛渴望着远方，乘列车穿过荒漠雪原，从塞北到南国；搭航班扶摇而上，横跨山川大洋。

我在海洋与沙漠之间苟延残喘，在山峰与泥沼之间惴惴不安。

爱过一些人，也被一些人深深爱过。渐渐地，被一种奇妙的感觉充满，像是被温柔的泡沫缓缓包裹着，牵引着，慢慢越过一切恐惧与障碍。甚至于，那些被孤单划开的伤口也在时光轻柔的触摸下日渐痊愈。

我看着我自己，浑身闪着耀眼的光。

而你——

是否也曾期待着一场人生的遇见？期待一个心甘情愿守在爱情里伺机而动的亡命之徒？想象这红尘之间有那么一个人，能够完全透彻了解你，看光你的劣根性，你的阴暗面，你埋在温和表面下的偏激跟歇斯底里，以及被快乐掩盖掉的丛丛忧郁。

兴许你曾陷入孤独，将自己在遥远的异国城市越藏越深。而也正是这种难以消融的孤独，令你的青春看上去比任何人都要漫长。

　　兴许你曾热衷于逃离，去一些陌生的沿海城市，或者遥远的沙漠边镇。被深刻的寂寞煎熬，向路过的人们急切表达出一万种异样的低迷，然后挤眉弄眼的甲，渴望路过的乙，毫无状态的丙，又总是能够那么轻易而准确地读懂你眼中流淌过的情绪，然后用一场旅行的时间，陪你走尽人生所有的路。

　　兴许你是那种只要对方抛出一个诚挚眼神便肝胆相照的姑娘，那种对方要七分便将整颗心都掏出来拱手相让的姑娘。因此你总是伤得最惨，却也爱得最真最尽兴。

　　这些年，路过一些城市，穿过大街小巷。看过感人肺腑的赤诚，看过缠绵悱恻的拥抱，看过相顾无言的重逢，也看过雨恨云愁的别离。

　　我们常常忙碌到呼吸急促，没空留意城市间的车水马龙，甚至连爱欲都只是浮光掠影，对理解就真的没那么多诉求。后来，也渐渐意识到痛苦并不会因为谁的理解便活血化瘀，真正的懂得，是物以稀为贵。更何况人人都是绝缘体，各有星辰暗月，又怎会全然明了？

　　爱情形态万千，你追我赶是爱情，缠绵悱恻是爱情，含恨放手是爱情，至死不渝是爱情。

　　纵然世间有千万种相遇，可一个转身，我却偏偏遇见了你。

　　一个人会慢慢找到属于自己的生活节奏，且对此上瘾；而两个人会渐渐适应彼此的交流方式，且乐此不疲。

　　最后，谨以此书，献给在爱情中满怀孤勇、浴血奋战的你，也献给在人生道路上无惧无畏，披荆斩棘的你。

　　愿你有情人，终成眷属；愿你野心勃勃，来势汹汹，一生都犹如困兽之斗。

　　愿每一个在感情道路上乘风破浪的你，能够放肆欢呼、尽情落泪，爱是携手一路仁至义尽，行至穷途也望你一生平安喜乐。

　　何必去管一片海有多澎湃，只要心生欢喜，就飞奔上前尽情拥抱！未来大浪滔天，索兴往事可作帆。岁月迢迢，前路漫漫，唯愿在此后波澜壮阔的日子里——

　　时光不负爱情，我不负你。

CONTENTS　**目　录**

你有你的烈酒，我有我的江湖

他们目光灼灼，他们感人肺腑，

那两道贯穿始终的电流，

像是要执意温暖这段岁月深处一切一切的流离失所。

在我所有认识的朋友中，袁牧也是唯一一个大学毕业后选择自主创业的男生。

他有一间日式料理店，取名"蘑菇家"，不是那种很地道的日本料理，有时候甚至售卖薯条、汉堡或者明虾沙拉。可食材新鲜，味道正宗，前来光顾的大多都是回头客。

餐厅在城市中唯一一座福音堂的一楼，下午五点开门，摆好桌椅布好场，一旦夜幕降临便被打回原形——酒吧，卖生啤跟好喝的烈酒，最有名的应该是加了糖浆的 Mojito。

营业到凌晨两点半，收摊打烊，然后老板娘驱车上路，将酩酊大醉的朋友们挨个儿送回家。

牧也总会给朋友们打折，也给朋友的朋友打折，好像餐馆不是他家的。

像是冥冥之中约定俗成，餐馆整日外卖，不打电话前去往往扑个门闭楼空。朋友们屡屡提议，怎么着也在门上贴张告示吧，可牧也摇摇头，解释说，来的都是朋友，小店口口相传，新客要真的有心，自然想方设法打听得到。

老板娘郑屿安算是我认识的朋友中数一数二的大长腿，听说父辈来自遥远的巴音郭楞。

要知道，像我这样的霍比特星人，只乐意跟腰长腿短的小矮子们交朋友，我们的嫉妒心简直就是"众人拾柴火焰高"。

有好几次跟姐们儿粒粒文逛街，看着擦肩而过的那些身材曼妙腿长腰细的小美人，粒粒文咬牙切齿地跟我说："在唐代，像她们这种身材的人，都会被打断双腿、挖掉双眼，捆起来做拴马桩的！"

她眉飞色舞地讲着，我挽着她的手臂，听得毛骨悚然，瞠目结舌。

其实郑屿安跟我们一伙儿人并非幼年相识，情谊深厚，她最初也不过是众多食客中的一个，经常光顾，每周四回，一三五七。她一般都来得很晚，店里基本上都没什么人了。

那是很多年之前，大家都还眉眼青涩的时候。彼时，"蘑菇家"仅仅是一间规规矩矩的居酒屋，虽然味道不正统，可清新的日式装修风格在这座准二线城市也称得上仅此一家。

我当时已经是一位初出茅庐的十八线小作者了，写不出字儿的时候，就整日泡在"蘑菇家"，跟牧也眉来眼去，拼酒拼茶。

我跟袁牧也向来以兄弟相称，走路的时候喜欢将手臂搭上他的肩。朋友屡屡调侃说："你俩也别称兄道弟了，多累啊，不如做夫妻来得利落。小妞儿你下嫁给他啊，有店有酒，起码一辈子不愁吃喝，闲来无事的时候你就坐在落地窗边看朝阳看日落看帅哥，指不定还能撞上几段露水情缘呢！而咱老袁也不吃亏，有故事有美色，未来的某天再靠你出本自传，将来指不定还能名留青史呢！"

　　对座儿的几个男生听后激动得恨不得抄起桌椅板凳，我佯装出又哑又聋的样子起身给大家端瓜子酒水，而桌子那头的袁牧也正不动声色抿着笑，将那副紫砂茶壶嘴儿嘬得"吱吱"作响。

　　有次郑屿安像往常一样来店里吃饭，点了碗荞麦面。兴许是工作上遇到了挫折，她将头埋得很低，然后吃着吃着便开始哽咽。这可是吓坏了在吧台一头喝茶的袁牧也，可还没等他撇着眼角弄清楚状况，她便一个白眼儿杀了过来——"老板，怎么搞的！这面太咸了！"

　　袁牧也愣了一下，快步走上前，一边赔笑一边端起面碗闪身进厨房。他站在灶边，拿起小勺舀汤喝了一口。明明不咸啊！可即便如此，他还是给她重新煮了一碗。

　　良久，待袁牧也端着托盘出现在长桌尽头，已然不见了郑屿安的身影。只见桌面上放着一纸钞票，牧也晃了晃神，伸手将钱收好，坐在方才她坐的位子上若有所思般一口一口吸着面条。

　　牧也常常给郑屿安打折，屿安没有看账单的习惯，因此之前从未发现过。可有次郑屿安点了份套餐——一碗肥牛饭、一份天妇罗、一份炸鸡、一份海带外加饮料跟甜点，算下来一共才不到四十块。当袁牧也将账单双手奉上的时候，屿安的目光不由一愣。她也不急着掏钱了，仰头便问："老板，算错了吧？"

"折扣价。"牧也笑了笑。

郑屿安不罢休，幽幽问道："你这是食材过期大促销吗？"

牧也满脸诧异地摇摇头。

她又问："那你是因为做不下去了要大酬宾吗？"

牧也加大了摇头的力度，像是欲乘风破浪。他在心里轻轻笑，这姑娘，怎么就不懂得见好就收呢？

姑娘顿了一下，坚定了目光，将杯中的酒水仰头干尽，接着用试探的语气问："那……你是想泡我吗？"

没料到她竟如此直白主动，袁牧也目光怔了怔，低下头，嘿嘿一笑。

郑屿安见状，将一百块往桌上一拍："不用找了！"

之后的三个周，他再也没见过她。

郑屿安在一家广告公司工作，带自己的项目，收入不低。她不同于这城市中身陷逼仄苦苦挣扎的上班族，满脸倦意，累得好听话都懒得说。她妆容精致，裙角带风，她习惯穿搭得体，极具自己的风格。有时候是衬衫配穆勒鞋，有时候西装搭牛仔裤，就连一件三十块的 T 恤，都能被她穿出自己的味道。

她在离"蘑菇家"三站路的高档小区租了间挺大的公寓，重新装修，连浴缸都是昂贵的设计师款。她认为自己工作如此努力，生活又如此艰辛，用昂贵的消费与惬意的居住环境慰劳慰劳自己好像也并不为过。

屿安大学时期曾在日本交流过一两年，因此对牧也的酒屋情有独钟。她说虽然这里的食物比不上京都的传统可口，可环境舒适啊，小小一间餐厅，装潢得有模有样，一到傍晚生意兴隆，人少的时候听着大和小调，吃面都能吃出仪式感呢！再说这里缓慢的节奏与白日里的繁忙琐碎相比，简直像是飘入了另一个宇宙。

因此，她常常下班便来店里吃饭，逢人多会跟大家一起谈天说笑摇骰子，如人少还能在牧也的特别招待下喝上一小壶梅酒。

牧也喜欢她，这个我最早知道，早到他帮她递纸巾的时候，他挖空心思给她准备小菜的时候，他用余光偷偷瞄她，暗自揣测小菜是否合她口味的时候。这种时候，我一般都翻着白眼儿坐在吧台的另一头。

郑屿安来的次数越来越多，日子久了，牧也不但随心意给她赠送小菜，还为她介绍自己的朋友。那时候的袁牧也二十过半，精力旺盛，有一支属于自己的摇滚乐队，队友们都是大学时期的好友。他们毕业后因为种种原因在这座城市留了下来，白天做普通的工作，晚上来"蘑菇家"聚会。餐厅大门前有一方足够大的空地，牧也时常摆桌摆琴，呼朋唤友，来店前喝酒唱歌。

因此，在"蘑菇家"的马路对面，你时常会看到这样的景象——在顶着虔诚十字架的塔楼底层，一群人喊着崔健，敲着架子鼓，而宽阔的落地窗之后，一个男孩坐在长桌一头翻着漫画，另一头，一个长发姑娘安安静静地吃着一碗乌冬。

当然，还有一个标配版骚气小妞端着托盘穿过人群，时不时随音乐左右摇摆着。

那个妞儿，就是我。

有天恰逢心血来潮，袁牧也创了道新菜式，挺骚气的名字，叫"极地恋人"。说是菜式，其实是一道餐后甜点，简单来讲就是一坨绿油油的抹茶冰激凌，顶部浇上一杯单份 Espresso。

那是个稀松平常的礼拜一，大概是糟糕天气作祟，我因为天昏欲雨导致精神颓丧写不出一个字儿，便从早到晚泡在了"蘑菇家"。袁牧也倒是没什么意见，他在后厨备菜备料，刚好留我在前门看店泡茶。

当我抱着电脑抖着腿，一路晃荡到后厨的时候，昏暗的灶台边，袁牧也正窸窸窣窣地搅拌着什么。他背对着门口，加上我的脚步很轻，许久，他都没察觉到我就杵在他身后不远处。可就在回身开冰箱的瞬间，他被吓了一大跳，惊呼一声，跟着向后退了一步，再夸张点，就差把大锅抛向半空了。

还没等他抱怨我"无影飘"的走势，我便先发制人道："干什么呢！鬼鬼祟祟的！"

他看着我，丧丧的目光中带着 BlingBling 的贼光："什么干什么？没看我正备菜呢吗？倒是你，躲到背后吓人，你想干吗？"

他的反唇相讥倒是引起了我的兴趣："备菜？我怎么知道你是不是在搞什么见不得人的营生啊！看你是在煮人头寿喜锅啊，还是在包人肉水饺？"说这话的时候，我身体用力向前倾，脑袋都快要伸到锅里了！

袁牧也一边小声阻挠，说着："你干吗？要干吗？"一边将大锅往身子后面藏。可他藏得越深，我便越是想知道。

经过几个回合的较量，袁牧也终于手腕酸痛招架不住，甘拜下风。

他侧目说道："是款刚学来的冰激凌啊！才研发出来的，还没冻好呢！"

"有这等好事儿？我帮你尝尝味道不行吗？"我说着，便要将手指往锅里戳，却被袁牧也一把抓住："嗨呀别介！这锅……这锅是给客……客人吃的，你要尝的话，等一会儿冻好了我给你端一份儿！"

我一听，满心不悦拔地而起："你这是在嫌弃我吗？客人？你说的客人，应该是郑屿安吧？"

袁牧也没否认也没回答，垂了垂脑袋，转身继续刚才未完成的动作——他将冰激凌液放入冰箱，然后确认好温度将门带上。

在突如其来的沉默中，我作悻悻状回到大厅。在落地窗前坐了一会儿，对着暗下来的屏幕发了个漫长的呆，突然觉得室内很闷，憋得我有点儿难受。我将电脑放入吧台，转身出门去街上晃……

那天下午我提着一兜零食回到"蘑菇家"的时候，袁牧也已经从厨房忙完出来了。我故意在门口站了一会儿，只见他坐在餐厅一隅，翻着漫画喝着茶。

我推门进去，将环保袋放入吧台。正要在长桌边坐下，牧也端着小盘走过来："看看这卖相，帮我尝尝。"

他将冰激凌塑成了蘑菇的造型，可不怎么用心。周边用巧克力碎做点缀，还没等我看清，一杯咖啡当头浇了下去。

紧接着，他动作利落地拿勺子轻轻一挖，送至我嘴边："快尝尝看好不好吃？"

我点点头，与此同时翻着血淋淋的大白眼儿。

他兴致勃勃地挖起第二口，迫不及待地再问："你觉得，郑屿安会喜欢吗？"

我听闻，伸向勺子的脑袋悬在了半空，恶狠狠地盯着他。

"怎么了？"兴许是被我的灼灼目光射中，他手头一抖。

"袁牧也你丫真偏心！真不仗义！你的侠骨柔情哪儿去了？你的摇滚精神哪儿去了？"

"什么哪儿去了？这……什么意思？你觉得她会不喜欢吗？"

"试吃的人是我！如果它有毒，先被毒死的是我！如果它热量高，先被胖死的也是我！你凭什么不先问问我喜不喜欢呢？"

"哎呀，这些我都知道的！都知道的！"牧也手忙脚乱地安慰道，可没出两句便又转回正题，"哎，那你觉得，她会喜欢吗？"

"No！滚蛋！"

当天傍晚，郑屿安如约而至。她来得不算晚，听说是因为主管出差，大家该约会的约会，该吃饭的吃饭，自然没什么人留下加班。

吃完一碗乌冬，袁牧也将冰激凌端至桌前。他放下托盘二话不说站在一边，郑屿安微微一怔。

"是不是弄错了？我没点这道啊！"她笑着，用目光指了指托盘。

牧也小声说道："这是餐后甜点，赠送的。"

当时我正坐在长桌前喝一壶泡了八道的普洱茶，等着餐厅打烊袁牧也将我捎带回家。可当我的目光瞥到吧台一角的时候，我的小情绪、小愤怒又来了——

他还真是执意要将偏心进行到底啊！白天给我的那份摆盘就没这么好

看！服务也没那么到位！就连微笑都没现在这般殷切！

郑屿安拿起勺子，小尝了几口。她的吃相的确好看，加上柔和文艺的灯光，感觉跟大明星拍 MV 似的。

过了一会儿，当屿安抬起头来无意环视四周，她用目光扫了扫身后的那一桌："为什么他们都没有？"

牧也将手指抵至唇间，做了个"小声点儿"的手势，接着低声解释："因为这是新品啊，给你品尝，份量有限，还没正式上架呢。"

郑屿安听闻呵呵一乐，瞬间笑出了好几道鱼尾纹。

就这样，新品试吃了一个半月。每每郑屿安问起为何还不正式上架，袁牧也便搪塞说，整体不够完美，配料还需调整。

说是品尝调整，可这期间，除了她，大家谁都没吃上一口。有次冰激凌被吉他手小野瞅见了，他伸手就要戳，却被牧也三下五除二赶到了厨房门口。

他说："抹茶价格高倒不算什么，可男人吃抹茶显得多娘炮啊，跟你吉他手的身份配吗？"

小野大腿一拍："哥你说得对啊！谁说不是呢！"接着二话不说盘子一搁转身出去了。

我想，也只有我记住了那个味道吧，甜甜的，抹茶的浓郁与牛奶的柔和瞬间软化心扉，让人小抿一口便想要跟爱的人手拉手逃去某座孤岛。

我见证袁牧也对屿安偏的心次数越多，便越是整夜整夜地辗转反侧。

兴许是我跟他太熟，所以他才对我殷勤不足，谄媚不够？对于如此不公的待遇，我愤怒了！我不仅愤怒，还一定要让他知道！

在此起彼伏的小失落、小感慨中，我针对袁牧也开始了为时两周的冷落。这期间，我总是以事儿多繁忙为借口，再也没在"蘑菇家"出现过。突然消失，是个人都能看出其中的蹊跷吧？哪知道袁牧也偏偏没有。他挂着一脸蒙昧真的以为我忙啊，有次他打电话给我，说"本来有几次小聚会，看你没时间也就不好打扰"。

而就在我欲擒故纵奋力玩儿消失的这两周，他跟郑屿安的关系进展迅速。当然，这是我从那群狐朋狗友们的八卦声中得知的。

听说郑屿安的光顾从之前的一周四天变成了一周七天，有时候路过店门儿还进去蹭根香蕉，蹭个苹果。而袁牧也呢，他当然内心欢快如小马奔腾了，他甚至以"日客"为借口，给屿安定制了专属营养餐。

周一鲷鱼寿司，周二海鲜乌冬，周三牛肉寿喜锅！天妇罗跟烧烤可要少吃哦，会长痘痘的！

有一次我顺路经过，那天我跟粒粒文到附近的一家火锅店约见面，酒足饭饱之余，自是一番互诉衷肠。散场以后，粒粒文提议沿街走走。

不知不觉间便走到了"蘑菇家"的对街。我抬头的瞬间，正好看到坐在窗边的郑屿安，而不巧的是，她正好也一眼对上了我。尴尬之余，我冲她招了招手，接着转身拖住粒粒文落荒而逃。

想必袁牧也一颗早衰的春心满血复活，想必复活之后定有新的动作。我一边怨天尤人，一边隔岸观火，一面劝自己要坚强，控制欲不要这么强，每个人都有自己的爱恨情仇，失去一个仗剑走天涯的小伙伴好像也没什么大不了的。

可就在大家都以为袁牧也要跟郑屿安表白的时候，剧情出现了极速反转。

郑屿安说天大地大，自己不甘心年纪轻轻便做红尘一隅的井底之蛙，她辞了工作退了房，下定决心要去大城市闯荡。

她当面跟袁牧也讲出这席话的时候，是我结束闭关的第二天。那天阳光明媚，天气好到让人不忍心开口讲离别。

我坐在窗边的老位子上，手指敲着键盘，嘴边嘬着一杯冰抹茶。下午五点不到，郑屿安却破天荒地早早出现在了吧台一头。

袁牧也放下漫画走上前，跟她几句寒暄。刚开口问了句"喝点儿什么"，郑屿安轻轻说道："牧也，我要走了。周六的火车。"

袁牧也的动作顿住了，他的脸上瞬间呈现出一种愣住的神情。那种痛不是一般的痛，那种震惊也不是一般的震惊，像是被人生生扯断了一只胳膊却都察觉不到似的，也像是一尊不小心有了心跳的雕塑，被迎面而来的温度烫到，直愣愣地看着，带着一丝惊异、一丝不解、一丝难以置信，但更多的是凝滞下去不再醒来，将未知与已知间的纽带掐断。那是一种恍然钝痛，看似无谓，实则痛不欲生。

"牧也？"良久，她伸出手掌在他眼前晃了晃。

袁牧也回过神，脸上是海啸之后的死寂一片。他迫使自己镇静，若无其事地笑了笑："那……先来杯抹茶吧，今早刚到的。"

郑屿安点头说"好"，在他转身离开后，向我走了过来。她拉出高脚椅，我半合上电脑屏。她也不做无谓的客套，开门见山道："我要走了，可能挺长一段时间的。我觉得牧也人挺憨厚，你们都挺善良的……"说这话的时候，她的脸上没有一丝慌张，也没有一丝不舍。

周五晚上，牧也请大家到"蘑菇家"吃饭，说是给郑屿安送别，大家毕竟相识一场。不是什么正经的料理，他将桌子拼成长长一溜，摆上了几口火锅。

前来的人很多，三十多个，有一些陌生的面孔，说是朋友的朋友，想必都是来凑热闹的。牧也招呼大家吃鱼吃肉，自己却一杯一杯地喝着清酒。朋友劝他先吃点儿东西垫垫，他却说自己好久没这么快乐过了。

那天晚上，牧也喝了太多，不得不中途退席去沙发上休息。散伙以后，大家勾肩搭背回家，我骑电驴送郑屿安，一路上什么都没说，只在分别的时候说了句"保重"。

第二天一早，郑屿安走了，袁牧也的酒也醒了。

刚安顿好的那几天，屿安给我们发视频，展示她新租来的公寓，以及布置得恰到好处的日式家具，后来在茶余饭后也会跟我们聊些有的没的，比如她升职了，比如认识了新的朋友，比如大城市竞争激烈，职场压力巨大，不仅得注重专业技能，还得搞得定人际关系，会打扮会穿搭，总结来说就是，你要想在大城市好好活下去，想凭借自身努力出人头地，就必须长出铜墙铁壁，变身变形金刚。

有一次她将公司的派对合照发到朋友圈，袁牧也因为她跟旁边男人靠太近，沮丧了好几天。

后来的后来啊，我们之间的确还保持着一些联系，却逐日递减。可能是情感基础不够深厚，很容易便烟消云散；也兴许是友谊这种东西不过如此，光靠朝思暮想是很难撑到地久天长的。

渐渐地，牧也将注意力转移到了小店的经营上，我呢，则专注于新书创作。想必郑屿安在崭新的职场上挂起了风帆，准备一路远航。

这期间，店里也来过别的姑娘，有爱喝梅酒的，也有在深夜号啕大哭赶都赶不走的。牧也常常也会给人赠送小菜。我们劝他别光送菜啊，该出手时就出手！他却说，自己行动迟缓，出手的时候人家都已经走了。

我们知道，这是搪塞。

就在这样循环往复的日子中，过了一年。

一年后，袁牧也的身边出现了一个新的女孩，名叫鲁悠。

鲁悠是乐队架子鼓手的妹妹，典型的小脸大胸大长腿。刚刚大学毕业，自己在淘宝上有网店，靠卖仿大牌的衣服包包维生。也不知道从哪天开始，大家玩儿着玩儿着就好像变得熟络起来了。

鲁悠承认她对袁牧也算是一见钟情。在她与生俱来的情感观里，要爱就爱沉默男，要嫁就嫁帅大厨！而像袁牧也这样又会卖饭又不爱讲话的男人无疑最为拉风了！

鲁悠有事儿没事儿就来店里待着，可她跟我不一样，她身高一米七，恨不得一米五的大长腿，却偏偏不爱站橱窗，喜欢往后厨钻。她帮牧也备菜熬汤，清理锅灶，俨然一个后厨小能手。

袁牧也觉得鲁悠挺可爱的，人美事儿少不做作，好像全世界都在逢场作戏，只有她纯真如初。作为奖励，他给她做刺身，做蛋糕，做抹茶拿铁，却唯独没有做过那道名曰"极地恋人"的终极甜点。

鲁悠长着张清丽甜美却任劳任怨无欲无求的脸，袁牧也左看右看上看下看，这不就是生活最原本的样子吗？

在这般好山好水好情谊之间，岁月悠悠无疑顺水推舟。

三个月后，他们决定结婚。

作为好友，郑屿安顺理成章收到了请帖。她犹豫再三，最终压缩了一切行程，订了机票，一路赶回桐城。

婚礼十一点四十五开始，屿安十一点落地。推门而入的第一件事儿不是向一对新人道喜，而是径直冲到我的面前。她抱住我的双肩用力摇晃："我一路上都在怀疑这个新娘的真实性。新娘难道不是你？真的不是你？"

我狠狠一怔，笑着答道："你误会了，屿安，咱们之前厮混那么久了你还不清楚吗？我跟牧也君可是可歌可泣哥俩好！今天的新娘可是个爱笑的姑娘，叫鲁悠。你看，他们在那边呢！"

郑屿安的目光瞬间暗了下来。她全然不顾我的指引，眼眶唰的一下就红了："你说什么？我一直以为……牧也喜欢的人是你。因为他总是跟我提到你。"

我欲出口搪塞，却霎时之间醍醐灌顶，突然意识到了什么。我看着眼前的女孩，她的惊异，她的动容，她的……

"屿安，难道你……"

话没出口，耳畔一个熟悉的声音轻轻问候道："屿安，你来了……"

我抬眼看向他，再看向她，他们目光灼灼，他们感人肺腑，那两道贯穿始终的电流，像是要执意温暖这段岁月深处一切一切的流离失所……

我作为牧也一贯的小跟班，挂着张感恩戴德的狗腿脸轮桌言谢敬酒。喝到满面通红，喝到人畜难辨，喝到想要抻着脖子仰天长啸："祝你们万福金安，一统江湖！福如东海，日月昌明！"

郑屿安不如我来得洒脱。她坐在大厅一隅，默默吃着碟儿里的几颗豌豆，看上去身影单薄，却也刀枪不入。

她说她没喝酒，却也眼眶渐红。

待宴会结束，牧也招呼几位好友去"蘑菇家"坐坐。屿安说她来不及了，再晚飞机就要飞走了。

我借口要打车送屿安去机场，从连连的道喝声中挣脱。

在我们拥抱告别的时候，我清清楚楚地听见屿安说："我终于明白世上什么糖最苦。他的喜糖，最苦。"

其实我多想告诉她，自打鲁悠成功打入"蘑菇家"，全世界的糖都被我的熊熊炉火熬成了锅底烧焦的可乐。

自那次分别，我跟郑屿安再也没联系过。她投入到了更高强度的工作之中，似乎是有意掐掉这段过往，斩草除根，要它从来没发生过。

兴许是有意回避，我也很少再去店里晃悠。再说我接到了一单做剧本的大项目，正忙得风生水起呢！

然而，牧也的婚后生活似乎并不如预想的好。鲁悠突如其来的转变令他觉得人生失衡，视线模糊。

好像只花了一夜的工夫，她便从之前人畜无害的小可人儿，变成了心怀猛虎的妖精。她执意接管"蘑菇家"的账目，牧也拗不过，只好全权奉上。可第一个季度算下来，总账竟然赔得比从前任何时候都多。

要说女人有的小嫉妒、小虚荣，鲁悠都有。她拿收银机里的钱买化妆品，买包包，有时候也会招呼相识的小姐妹们吃吃喝喝。今天抽一张，明天抽一张，抽到最后店里亏空越来越多。

后来的后来，他们在爱的天平上苟延残喘着，争吵爆发，无异于将蓄势已久的势能转变成气势磅礴的动能。

牧也说："再这样下去，赚再多的钱也不够你花的！你这花钱如流水，咱俩很难再顺着一个节奏走下去了！"

鲁悠若无其事地反唇相讥道："既然很难齐步走下去就先停下来吧！"她说自己想回老家静一静，之后的事儿之后再说。

牧也没拒绝，给她转了两万块钱。他说穷家富路，就当是给老人们买点儿水果见面礼。

我始终待在"蘑菇家"，像一棵歪脖树，见证着它的兴衰百态。我常常在想，兴许我对它的眷恋比牧也本身都要深呢。

在一个阴雨凄凄的星期三，我忙完项目，跑去店里吃拉面。推门而入的瞬间，牧也同从前一样，坐在吧台一角。可与之前不同的是，此时此刻的他，抽着烟，喝着酒，愁容满面，凭空叹着气。

我走上前，从背后拍了他的肩，他神情呆滞地望了我一眼——

"来了？坐。"

接着牧也给我端了抹茶，顺势坐在我身边的位子上，看窗外被红绿灯堵在十字路口的上班族们如同雨水一样散落开。

他耷拉着脑袋，问我："郑屿安最近怎么样了？"

"不知道啊，联系不多。你跟她的联系不是应该多一些吗？"

牧也叹了一口气，接着摇摇头。

良久，他又问："你，你对待爱情，到底抱着怎样的态度？"

我愣了一下，态度？当然是天地悠悠爱情为上了！本想说句玩笑话，可举头撞上他无比专注的眼神，不由心底一沉。

我说："我一直喜欢'露水欢愉'这个词啊，如露水短暂、明澈，逢欢愉干柴烈火。爱情不就是这样吗？短暂的，极具爆发力的，来不及厌倦，来不及不满。来不及爱，便也来不及恨。"

在我意犹未尽的余光中，牧也微微怔了怔，他接着昂首望窗外，淡淡说了句："是吗？"然后不屑一顾地呵呵笑，仰起头，将杯中的酒水干尽。

没出一个周，他在一次聚会末尾的酩酊大醉之中，宣布了离婚。大家问他为什么，他说原因很多，但最终都能归结为一句："性格不合。"

性格不合？听到这话，大家都沉默了。

恢复单身后的袁牧也过着再普通不过的生活，本想着展翅高飞，却不料一脚踏错，坠入人生谷底。"蘑菇家"也差点因此关门大吉。

渐渐地，他停止了白日的正式营业，傍晚七点开门，成了伤心人的集散地。

郑屿安回到桐城那晚，我跟袁牧也一道去机场接她。她面色疲惫，目光还有些失焦，看来这次是真的累了。虽然她的穿戴依旧得体，妆容依旧精致，可眼睛里显然失去了当年的锐气。

牧也没有直接拉她回酒店休息，而是将车停在了一家辨识度极低的酒吧门口。他张张口："进去坐坐？"

她点点头，没拒绝。点了双份威士忌的郑屿安极度低落，她跟我们聊天，看似云淡风轻，一字一顿中却写满了痛定思痛。她说自己的确赚了些钱，后来却大笔投进了朋友的化妆品研发项目，结果投资失败，一切都碎成了过眼云烟。

半夜三点，牧也送屿安回酒店，分别的时候，他将手臂温柔放上她的肩，轻轻说道："回来了就好。"

就这样，大家看似回归了从前的状态。"蘑菇家"照常营业，基调却因为老板本人的起起落落而显得有些老气横秋。

待屿安安顿下来，回到之前的广告公司，升了职，一切都变得好起来了。

我依旧读书、写书、卖书，做着贫瘠却又丰盛的工作。我们常常在"蘑菇家"约见面。袁牧也照旧为我们看茶倒水，做好吃的拉面跟甜点。

渐渐地，之前所失去的情谊通通又都回来了。在屿安的提议之下，牧也开辟了线上业务。他白天在家做可口的外卖，晚上餐厅开张供应精致的酒水小菜，搭凉棚组乐队，在大家的摔锅敲碗声中，"蘑菇家"又变得生龙活虎起来。

六月的最后一天，郑屿安下了班，同往常一样来到了"蘑菇家"。可这天的她看上去有些不太一样，穿很美的束腰连衣裙，还化了淡淡的晚妆。她的腮红在脸颊晕成两片肉粉色的云，看上去可爱又娇羞。

就在袁牧也将一杯私人定制款冰凉抹茶端上桌的时候，她蓦然回首将他叫住。

"怎么了？"他轻声问。

她跳下高脚椅，下巴微微扬起，目光真诚又炙热："牧也，我真的喜欢了你好多年……我们结婚吧。"

久久地，袁牧也愣在原地，来不及点头，来不及回应，那瞬间，唯有满满的喜悦充满双眼……

他突然有种流泪的冲动。可没等到他咧开嘴，她便伸出双臂，将他一把抱住。

"这句话，我真的等了好久好久……"

她的目光莹亮，长发被夜风吹起，昂首迎接七月的第一个黎明。

///

最后的爱情陪跑员

错过的风景会过期，路过的站台回不去。

我和王二恋爱了。

我将这条配了搔首弄姿照的消息发送到朋友圈,顷刻便引起了巨大轰动。同事好友争相发来贺电,其中不乏我的前任张三和李某。

张三说:"你终于把自己卖出去了!看来经济形势日益见好!"

李某更语重心长一些,他说:"柴米油盐的好好儿过,希望这次你能长长久久。"

他们竟如此心平气和地送上祝福?竟没有流露出丝毫醋意、丝毫忧愁?为此,我非但高兴不起来,反倒深感耻辱。他们就算不吼出"哪个混蛋?我要和他决一死战!"这样的豪言壮语,类似于"感时花溅泪"的离愁别绪也该有点儿吧?就算秉持仅剩的一丁点儿不甘心保持沉默也好啊!

可残忍的是,他们没有。

后来,张三甚至补上了一句:"办事儿时候吭声,别客气,我会拖家带口将红包双手奉上的！"

想当年张三泡我的时候，他可不这么说！他说："我是你的，你是我的，世界是咱俩的！"可惜等到恋情寿终正寝，这话变成了——你是你，我是我，世界是大家的。

张三是我初恋，跟他好上的时候，我们都刚大学毕业，很是懵懂。我俩在实习公司认识，同组，公司虐待实习生，女人当男人用，男人当牲口用。我俩常常一起加班卖命当牲口，卖着卖着，就卖到一起去了。

张三喜欢吃橙子，每天顺手给我带上两三只。我不爱吃，就随手丢给邻座的姑娘小金。不料小金吃了三个月，跟张三好上了。

我挂着一张窦娥脸找张三讨说法，张三反咬一口："你把我的付出视为粪土，这是精神辱没！橙子怎么了？人家小金不仅接受，而且还感动，不仅感动，还反过来以身相许感谢我。你觉得，我不跟她好跟谁好？"他说得义正词严声情并茂，可无论如何都挡不住心虚，他维持着十多分钟的"两股战战"，一直到把话说完。

"可我是真的不爱吃橙子啊！"我默默念着这句话，直到他彻底淡出我的生活。

通常情况下，率先劈腿的一方都有一套完整说辞，听上去委曲求全、严丝合缝，听听也就罢了，可千万别怪自己不够好。这是我十五岁那年听说的道理，不料二十五岁这年终究用到了自己身上。

跟张三分手之后，我伤痛惨重，干脆辞职不干。躲在家，重拾高中时的旧梦——写故事，写戏剧，写写自娱自乐没人愿意看的小黄说。投稿投得满天飞，却通通石沉大海。

而我和李某，就是在那时候搭上的。

有天，在我常常发表的那个剧本网站有人留言给我，他说："我看你写的人物特质和故事构架很特别，李瓶儿能攀上张三丰挺新奇的，能出来聊聊么？我也爱好文学。"

我开门见山问他："你有钱么？"

他说："不算少。"

我又问："你有房么？"

他说："贷款的算么？House，单层一百五。"

"你有老婆么？"

他说："差点儿有，结果没了。"

我二话没说："走着，猫鱼咖啡门口，六点半。不见不散。"

临下线，为了掩饰自己的"超现实主义"，我假惺惺追问一句："你文化程度高么？"

"我们从来都只谈情怀，不谈文化。"

我的小心肝儿一阵颤栗，就他了！

见了面我才了解，原来李某是个出版人，自己经营着一家公司，文化生意做得风生水起。此人头面精致，衣饰讲究，接人待物也彬彬有礼，但说话斟酌迟缓，给人感觉多少有点矜持和阴沉。

一顿饭的工夫，我们自古到今，从莫泊桑聊到西门庆，他说李瓶儿能和张三丰在一起也算是各取所需，我俩也就浑浑噩噩地勾结在了一起。

共同生活到第三个月，李某的情绪化人格逐渐浮出水面。他虽说头脑灵活、才华横溢，但又习惯性地蔑视一切，同时又有些精神分裂。他抽烟喝酒，精力充沛，时而萎靡到死，时而兴奋至癫狂状态。他像儿童那样自大、天真、好奇、自私，又出人意料地粗鄙、直接、蛮横、刻薄而口不择言。他有些背信弃义，又有些不择手段。思想上的国王，行动上的小人。但奇怪的是，他似乎正是因此才成就了然。

没多久，我俩分手了。原因是我幼稚，他脱俗，我们谈天谈地谈两性谈宇宙，可谁都不适合谈生活。

李某帮我把行李拖上车，虚情假意地说，祝你有情人终成眷属，没事儿了常回来住住。

我扭头回敬："住你妈呀住！"除此之外，我还说了挺多难听的话。而且每句都是以"臭混蛋"开头。

然而我眼泪都还没擦干，就一头被王二给撞见了。他醉意朦胧的眼神告诉我：姑娘，你看咱俩是一路货，虚伪、做作又不食人间烟火！

想来也是，写作这些年，挫折没把我磨砺成大作家，反而磨成了一只矫情精。放在生活中是短痛长磨、无病呻吟，放在爱情里就是身为人畜无害小纯洁，却刻意将自己伪装成情场老手。

还好王二和我很像，长了一副鼻孔朝天、目空一切的丑陋面孔，可怕的是，我俩还总是以互相摧残、互相漠视为美德。

我们谁都没期望过要与彼此一生守候，二十岁之后所有的恋爱，我都只当作欢场一笑。看似了无牵挂，其实是不敢抱有太高的奢望。

我和王二生来平稳，都没经历过什么大风大浪，最惨痛的遭遇不过是失恋，可我们都喜欢装出历经沧海桑田的样子。比如我，说话习惯以"作为过来人"这样的句子开头，再以"见惯了大风大浪"作句终。

不仅如此，我俩还爱攀比，比谁的手段高，比谁在爱情中更胸有城府、居心叵测，就连倒霉事儿都要一决胜负。

记得第一次与王二秉烛谈心，是在刚刚认识的时候。彼时，距离他失恋已经一年之久，经过漫长的空窗期，我俩凭借一个你情我愿的眼神瞬间交上了火。

那天晚上，我跟他回家。王二一边吐烟圈儿一边问我："你知道失恋是什么滋味么？"

我说："废话，当然知道了！人家也是旧伤累累的人！"

他轻笑一下："我以为你这种脸大胸小的人只知道吃饱了不饿着。"

"老娘还没开始发育就已经学会拉帮结派勾搭男人了，对我们物理老师的暗恋史长达六年之久，风里来浪里去的，你这是看不起人么？"

"那你有过分手之后孤立无援的体验么？"

"有啊！张三，那个让我一夜之间过上三八妇女节的混蛋。你呢，有吗？"

王二没直接回答，重重叹了一口气，样子特别痛心疾首："她若是不动声色地潜伏在我记忆深处该有多好？可她偏偏要做我身上的一处痤疮，偶尔隐痛偶尔爆破，动情一抠，埋下种子，来年继续隐痛、爆破。"

后来，我俩各自握着只高脚杯玩儿来玩儿去，谁都没有继续说话。然而此场旧情对决，我显然是甘拜下风。

王二身边围绕着一群与他风格一致的狐朋狗友，一个个儿人模人样，凑近了闻，满股子纨绔子弟的恶臭。他们不但纨绔还特别能作，出去旅行盖着破毛毯睡夜车，开着几辆宝马X6，凑在路边一面摆摊儿一面撸串儿，说是为了体验生活。

大节小假派对不断，最初几次我还打扮得隆重端庄，以国母特有的姿势挽住王二的手臂与他一同赴宴，后来我就不去了。因为我发现那帮混蛋最大的乐趣竟然是调侃我。

他们笑我长得像张饼不说，还说我的红唇涂得像猴子屁股。更有甚者说，我这种脸型的人，发起怒来都没什么架势可言的！忍了一会儿，我真的怒了，端起一盘羊腰子盖到了笑得最凶的哥们儿的脑袋上，一瞬间，油花飞溅，好生欢乐。

那次事故之后，我再没在聚会场合出现过。当然，也再没有人敢邀请我。

宋美龄说她喜欢法国梧桐，蒋介石就在整个南京种满了梧桐树。我说我喜欢海，王二就给我一直浪，一直浪……好在我心飞翔，好像也没那么在乎。

刚认识那会儿，我也了解过王二的过往。他家是搞消防的，我稍许打听稍许琢磨，估计是捯饬灭火器。至于他有几套房，我没问过；家底儿到底多厚、综合实力多强，我根本不关心。那些对我而言根本就不重要，我又不是要和他地老天荒永结同心！

被张三背叛后，我就再也不相信"有情人地久天长"这句话了，王二要是能毫无怨言地养上我一阵子，我也就知足了！要说结婚，那就是一辈子形影不离的厮混！我又怎么可能和他这种狐朋狗友满天飞的人厮混在一起？

在我的感情观里，婚姻必须以相互崇拜为主旨，以自由平等为基准。如果我是潘金莲，我一定会在武大郎那儿卧薪尝胆，在西门庆那儿修炼成精，最后跟武松安度余生。

可就我和王二而言，谈平等，他先天优渥自带光环，连朋友圈都金光灿灿，我追不上；谈崇拜，我们是以相互践踏、蔑视为乐，完全背离主旨。

其实也只有我自己知道，这些挑剔与不适，统统都是我给自己量身推送的预防针，我知道我们迟早有一天会分开，而且想必是他先抛弃我！因为在王二的世界里，大胸长腿蛇精脸的妖孽太多，而像我这样靠点儿小才得以小骚小浪的配角终究难以彻底将他制服。

可这些话，我从来没有在他面前讲过。对于一段结局明了且悲观的关系，心照不宣往往是维持现状的至尊法宝。

我俩都是激情派。好的时候，能二十四小时腻歪在沙发里不吃不喝，你亲我一下，我舔你一口，以此维持长达一天的欢乐。王二偶尔给我唱情歌，将我俩的名字编到歌词中。不好的时候很恐怖，吵架、摔碗砸锅，我的习惯性动作是拿包穿衣欲摔门而去，他负责将我拖回来，一把摔到床垫上。然后换他摔门而去，开始长达半个月的冷战。

　　王二从来都不打我，可总能轻而易举将我骂哭。我哭，一定不是因为委屈伤心，只是以此发泄未燃尽的怒火罢了。

　　有天闲来无事，我俩钻在被子里听相声。我突然按下了暂停键，问王二最喜欢哪首歌。王二想都没想，说《最炫民族风》。

　　我以为他开玩笑，接着调侃道："《最炫民族风》？看你长得白白净净一表人才，审美竟然如此重俗！"

　　他皱了皱眉："你懂个屁！只有我最爱的女人才有资格和我对唱这首歌！"

　　王二从前爱过一个女孩儿，是能为之抛头颅洒热血、很爱很爱的那种。这事儿是我们刚认识的时候聊起来的。也是通过这事儿，我确定自己并不是他的最终选择。因为如果你真的很想全心拥有一个人，你是不会毫无掩饰地将那些情深不寿的过往告诉对方的。

　　王二说他俩是大学同学，他对她一见钟情，马不停蹄追了两年。他们将青春里最美好的那段时光拱手献给了暧昧，讲过海誓山盟，也曾扎在广场的人群中一起新年倒数。最后一个寒假的情人节，她进了几百支玫瑰花在街头摆摊儿贩卖，后来还是王二打电话呼朋唤友，将那些玫瑰一抢而空。

　　暧昧来暧昧去，眼看大四毕业，不料姑娘转身去迪拜投奔大姨妈了。王二为此低迷了好长时间，他甚至将家里全部时钟调成了迪拜时间。

　　拖拖拉拉一年半，这事儿也就无疾而终了。

　　为了使自己看上去没那么被动，稍有动荡，我就对王二摆出一副爱答不理的样子。要说我俩最有默契的时候，应该是在吵架过后，我选择冷酷到底，他则很是配合地陪我冷酷。于是，接下来的那些天，我忍着憋着，心内一片凄风苦雨，他却不以为然，和狐朋狗友们继续吃着喝着，游着浪着。

不知为何，我们好像从来没问过对方爱与不爱，也从未因此事纠结过。可能是觉得对方不配，或者是觉得自己不配，又或者是因为"爱"对我们来说是一个太过遥远又虚无的词。

那之后不久，朋友们相邀去唱K，主要是为了庆祝狐朋二号和狗友B先生的结婚周年。如此隆重的场合，我当然得全副武装欣然前往了！

一上来，大家让我和王二合唱一首。王二二话不说，点了《广岛之恋》。他跟大家解释说，这首歌最贴合我俩的境遇了！

可我怎么听都觉得这歌是在讲一夜情。

后来进来了一个女孩儿，穿连衣裙，短发齐肩，身材颀长，样貌姣好。可不知为什么，她推门的瞬间，大家都安静下来，大眼儿瞪小眼儿地两两相望。

看来他们之间很熟，那女孩儿先是站在门口跟大家打了一圈儿招呼，紧接着径直走到王二面前，站定——"我回来了。"她说。

"你回来了……好久不见。"王二说这话的时候，没有抬头。可很显然，他面露讶然，言语迟疑。眼看着他就要热泪了，我赶紧坐过去，用大半个胸脯围住他的胳膊。

"这是你女朋友？"姑娘问。

王二挪了挪身子，他没否认却也没点头。

我跟冰雕似的坐在那儿不敢轻举妄动。也不知道过了多久，有人围上来打圆场，其他人见风使舵，争相起哄说什么老友相逢歌一首。王二没推脱，沉默了一阵，上前点了《最炫民族风》。虽然跑调严重，却也不影响他帅得惊心动魄。

瞬间，我的心凉透了。其实我一开始就猜到了那姑娘是谁，从她看他的第一个眼神开始。直到他将话筒递到她手上，一个声音在我的耳边萦绕——"只有我最爱的女人才有资格和我对唱这首歌……"

从店里出来，王二说要先送连衣裙小姐回家，让我坐 B 先生的车，或者在门口等他拐回来接我。

我和连衣裙小姐异口同声："不用了。"说着，她扭头上了不远处的一辆 SUV，我转身就往地铁站的方向走，可令人气愤的是，王二竟没有追过来将我拉住。

我推开家门的时候，王二已经在客厅沙发坐了好一会儿了。我憋了半天轰出一句："我们分手。"

王二说："这么点儿屁事儿用得着小题大做么？"

我说："对你事儿小，对我事儿大，哽在这儿难受。"

王二说："你听我解释不？"

我说："跟这无关。觉得你那群屎屁屁的朋友挺无聊的，我不想一辈子活在这种氛围中。"

这话刚出口，我就后悔了。一辈子？简直就是此地无银三百两，在人家心里，这恐怕仅仅是一桩欢场交易！我管你生活，你卖笑给我，这就 perfect了。可也是那一刻我才恍然大悟，原来我是想要和王二过一辈子的，我好像真的爱上他了。

想到这儿，我更难受了，用力踢掉鞋子冲进了卧室。

那一觉睡得很累，王二在我梦里一直跑，我跟在后面一边飙泪一边追。

第二天，我一气之下从他家搬了出去，都走出数里远了，一抬头，才发现自己在这座不算熟悉的城市里举目无亲。我打开通讯录挨个儿翻，扳着指头数有能力收留我的人。算到最后，我还是按下了李某的号码。

李某接起电话，像是早有准备，先是人模狗样说了声"嗨"，跟着来了句："我早说过，咱们这样的人，柴米油盐是捆不住的，你俩谁踢的谁？"

我一听，气不打一处来："你他妈不风凉就不会说话了么？"

"还要怎么好好儿说，小姐，你都要睡大街了还这么理直气壮？"

"这叫气节！懂么？"

"先得活得滋润才有资格谈气节，搬来和我一起住？"

"好马不吃回头草！"

"原来你是马啊！我以为你是狼呢！"

……

在我的欲拒还迎、挑三拣四之下，李某从工作室给我腾出一间房，屁股点儿大，暂时救急，确保我在找到下一个男人之前不至于流落街头。以如此手法处理与前任间的关系，我打心眼儿里怀疑自己到底爱没爱过他。

我找李某诉苦，秉持一副凄风苦雨的面孔。李某问我："你说你好好儿一姑娘，长相端正，教养良好，干吗把自己伪装得那么混账、那么恶俗呢？"

我说："用物质掩饰真心啊，害怕受伤！还不是因为像你这样的男人太多！"

李某说："关我什么事儿啊！不过你是该计划一下以后。"

我说："春宵一度值千金，多打一炮是一炮。你将生活计划到六十岁，可不到三十岁就挂了，呕心沥血有何用？"

"你这人生观有点儿低迷啊！"

"你懂个屁，这叫现实！和你这种靠精神救济活着的人讲不通。"

不想李某一声冷笑："闹得差不多就够了，该回去还得回去的。"

我说："我提的分手，现在又往人家身上贴，多没尊严啊！"

"傍大款是不需要尊严的！"

"可是爱情需要啊！"

李某一惊："你爱上他了？"

我没吭声，眼泪掉了几颗。

"那更应该回去了，讲清楚才是万全之策。"

"回什么啊！在他眼里，我就是一品相一般的爱情陪跑员，现在主力选手回归了，我只能被迫退赛。"这其中发生的一切，统统令我始料未及。王二送了我一根软肋，却吝啬于赠我一副盔甲。

那段时间，王二打了很多通电话，可我从来不接。其实是害怕，我怕他说出那句实至名归的"分手"，我怕自己一时冲动找根白绫吊死，我知道自己根本无法理性面对。

李某调侃我："呦，你不说自己是马么？怎么又变成鸵鸟了？"

李某在公司给我找了份做校对的兼职，我白天工作，闲来搞搞创作。大半夜坐在楼下酒吧和他聊梦想，聊人生，看他泡尽各色小妞。

有那么几个瞬间，我觉得李某似乎没那么恶毒，与这座城市所有的红男绿女一样，那绘尽声色犬马的面具之下，刻着活生生的孤独。

就这样走走游游，好不容易挨到了情人节。狐朋二号叫我去唱 K。我一口拒绝，说自己见不得人秀恩爱，以后都只过清明和光棍节。可话没出口，便被 B 先生夫妻俩从对街酒吧硬生生拽了出来。

等被拖进了包厢，我环视三圈才发现王二也在场。眩晕之余，尴尬深不可测。常唱的那几首歌 B 先生已经帮我点好了。我拿起话筒，吼得撕心裂肺口水狂飙，而王二似刀裁的轮廓在黑暗中闪烁。我回头看了一眼，眼泪差点儿跟着飙出来。

等到我们差不多都尽兴了，大家起哄让坐在角落里的王二唱首《死了都要爱》或者《广岛之恋》。王二沉默了一下，长舒一口气，干脆将二郎腿放下，移驾电唱机旁边。

没一会儿，他走过来，拿起话筒，又很是不耐烦地将另一只递给我。紧跟着，前奏响起来——《最炫民族风》。

我一下子就反应过来了，与此同时竟然有热泪的冲动！

王二将话筒举至唇边，就着音乐凝视我的眼睛："我跟你说过吧，只有我爱的女人才配和我唱这首歌。"

"那……那个短发姑娘呢？"

"哪个短发姑娘？"

看他摆出一副虚与委蛇、拒事实于千里之外的阵仗，我立马气血上涌，抓起手包要走，却被凌空抱住。王二钳住我的肩，使出一个"我吃定你了"的眼色，说："错过的风景会过期，路过的站台回不去。你懂不懂？嗯？"

我冷静下来，决定听他把话说完。

"我觉得，有时候和你在一起会变得很蠢，可那又能怎么样呢？那也掩盖不了我喜欢和你在一起的事实啊！我愿意和你这么怡然自得地蠢下去，蠢到死也无妨！"

原来，真正完美的爱情是不需要人教的。自己经历过，才知道它是什么样子；经过不同的人，才能知道自己是什么样子。

唯有岁月不可留，好在它也不会轻易将你辜负。

最终，我和王二达成协议，做彼此最后的爱情陪跑员。陪多久呢？就以此生为限好了。

///

爱你的样子很倾城

这世界颠沛叵测，生命的脉络起承转合。

等到一切繁华褪去，生活的真相如同海潮退去裸露于海滩的岩石，

锋利、腥咸，潮湿，左右逢源……

多年以后，他藏在时光的隧道里，窥探着光阴，贩卖着曾经。午夜钟声敲响的一瞬，我站在命运的齿轮上，手持风尘，以此铭记那段被前尘放逐的时光。

我第一次见到安河，是在 Allen 的卧室门口。彼时，他仍是 Allen 的对号先生。

那是我与 Allen 合租的第一年，我们都还在哲学院读书。可 Allen 与我不同，她习惯翻手为云覆手为雨，生来就是一位金光闪闪的小公主。

而当我询问她为什么家境优渥却偏偏搬来普通公寓与人合租的时候，她满脸坦诚地回答说，自己初来布拉格，需要一棵像我这样的大树。

一个阳光明媚的午后，我正坐在客厅修理一只坏了的吐司机，Allen 突然打道回府。她推开门，二话不说冲上来抱住我的肩："我回来了！"

我周身一怔，小锤子差点儿砸到手。

"这么早！怎么……"

话音没落，一具西装革履的雄性身影出现在了大门外。

Allen 小跑到男人身边，邀他进来，然后郑重介绍："这位是安河。"说着又转身眨了眼睛，"我室友。"

男人冲我微笑，露出浅而性感的鱼尾纹。他笑起来祥和而光芒万丈，令人很容易便联想到了阿波罗。

我邀他在沙发上坐下，问他要不要喝点儿什么。他摇摇头，说自己还有事儿，拿了东西马上就走。

就在这时候，Allen 从卧室走出来，怀里抱着一盆仙人掌。我朝花盆看过去，只见那仙人掌周身被一团花呼呼的毛线包裹，最上端还挂着顶巴拿马式小草帽。

我指着那盆造型诡异的花，幽幽问道："你把它怎么了？"

Allen 的目光打我身上一跃而过，不由落向安河："听说它来自撒哈拉，怕它冻着，给它织了件毛衣，怕它晒蔫儿，就给它戴了顶小草帽。后来觉得之前的陶盆花样太单调，又给它配了只波西米亚风手绘花盆。怎么样，喜欢吗？"

我正欲开口说"难看"，不料安河上前两步，接过她手上的植物，顺势抛下一串含情脉脉的眼神："特别喜欢！它的确比之前好看了很多。"

后来，Allen 将男人送出门，转身将我扑倒在沙发上，高声欢呼着："我恋爱了！"

虽然有所预期，可我还是花了十秒钟来消化这句话，然后目瞪口呆地看向她："你竟然喜欢大叔？！"

她将怀里的一瓶 Miu Miu 香水抛过来："因为我是小萝莉啊！来，小礼物。笑一个！"

Allen 的新男友叫安河，是个背景不明的纨绔子弟，他大她七八岁，在一家法国上市公司做项目经理。

Allen 说她很喜欢他叫自己名字时候的样子——稍稍咧开唇角，舌尖轻轻卷起，配上梁朝伟式的忧郁眼神，含情脉脉，满怀春风三十里。

他俩的相遇也极具戏剧性。半个月前的一天，Allen 深夜飙车回家，路过麦当劳正好下车买了杯咖啡。从店里出来没走几步鞋跟儿断了。她扭了脚，咖啡撒了一地，抱怨之余，只好很是狼狈地坐在花坛边休息。

就在这时候，他走了过来，将自己的咖啡递给她，弯下身子扶她回车里。他和她不像，他稳重，她跳脱，可能正是因为截然不同，所以才被彼此深深吸引住。他们整整一路都在聊巴塞罗那的海滩和威尼斯附近的彩色岛屿。

后来，他将她送回到家门口，停好车，转身往地铁走。

Allen 没忍住，上前拥抱了他。

"后来，第二天、第三天、第四天……整整一个周，他每天都会约我出去，带我坐摩天轮，带我去吃冰激凌。看电影的时候，他会全程拉着我的手，他的手掌温暖厚重，我觉得他是真的喜欢我。"

"所谓一见钟情，不过是臆想与现实重合而已。可我也始终固执地认为，所谓日久生情，生出的是友情或亲情。而一见钟情，才是纯粹的、惊心动魄的爱情。"

Allen 一听，立刻拍手叫好："所以，你也觉得我俩是牛郎织女、天作之合喽？"

我冲她吐了吐舌头："你俩不光天作之合，还可歌可泣！鬼斧神工！别臭美了，你根本不了解他，现在说这话还太早！"

大概在三月初的那段日子里，我因为工作不顺，极度沮丧。兴许是绝处逢生，就在我即将 down 入谷底的时候，接到了安河的电话。

他说他要来布拉格出差，刚刚落脚酒店，不凑巧，恰逢 Allen 回国度假。

安河约我出去坐坐，去高堡花园散步或者在总统府看塔城夜色。兴许是低落感作祟，我竟鬼使神差般暗暗答应下来。

也是到后来的后来我才知道，彼时，他与 Allen 陷入冷战已然两周之久。

放下电话，我站在窗前，对着满眼夜色发了个漫长的呆，随即整装出门，乘地铁来到希尔顿前门。

见到安河的时候，已经晚上十点十八分。他租了辆 MINI 小跑，穿过膝风衣跟一件崭新的休闲衬衫，满身清爽，凑近了闻，周身弥漫着 Bleu De Chanel 的味道。

我们在街角的地中海式小酒馆喝了茴香酒。其间，他拿起桌角的宣传单漫不经心地翻看，终了，提议去相邻街区的春季游乐场。

游乐场就要打烊。近处的几个项目都已停止揽客，月光清明，人影稀落。

我裹着外套从车上跳下来，安河从后备厢拿出苏打水随手递上。接着，他一边锁车一边随口问我，有没有什么特别喜欢的项目。

我咧嘴笑，不禁脱口而出："海盗船、鬼屋和过山车。不过，我已经很多年没来过游乐园了。"

安河会心一笑，眼角呈现出几道好看的鱼尾纹。

"想不到我们的爱好竟如此类似，对了，那你有没有在夜里坐过过山车？"

在夜里？我努力回忆。

"应该……没有。"我用力摇头。

他若有所思地耸了耸肩，与此同时轻启其齿："夜里坐过山车可是别有一番趣味，黑暗会将恐惧放大，刺激感更加迅猛。"

他说着，扭过头来看我："要知道，人类的热情很容易疲于风平浪静。你如此，我如此，他们亦如此。不过，Allen 喜欢旋转木马和摩天轮，可那些项目真的不适合男人！"

听他话锋一转，我心底里一沉，说不上是什么滋味。

"其实我也喜欢摩天轮呀！"这句话在体内来回翻滚，可最终也没能说出口。

安河大步流星地走在前面，我跟在他被灯光拉长的影子里。看着道路两边五颜六色的霓虹，不由心生感慨。

我们常常忙碌到呼吸急促，没空留意车水马龙，甚至连爱欲都只是浮光掠影，对理解就真的没那么多诉求了。后来，也渐渐意识到痛苦并不会因为谁的理解而活血化瘀，真正的懂得，是物以稀为贵。况且人人都是绝缘体，各有星辰暗月，又怎会全然明了？

恰恰一阵夜风拂面而来，将我的思绪翻乱。

在入口处刷了票，管理员好心提醒我们这是最后一轮，夜里可见度低，危险系数高，一定要系牢安全带。

安河调整了坐姿，解开衬衣最上方的一颗纽扣，随手将领带甩过肩。

我们坐在最前排，放眼望去，层次鲜明的黑暗在眼前铺展开。小火车向轨道上方缓慢攀行，爬至最高点，短暂停留。

安河碰碰我的胳膊，示意我睁开眼睛往前看——远处的冷山，近处的万家灯火，臆想中的危机四伏，黑暗与霓虹勾勒出这座城市模糊而好看的轮廓。

我正流连着此番美景，哪知车身陡然一落，紧接着朝坡下俯冲。

剧烈的失重感裹挟着我，一帧又一帧的黑夜自耳边呼啸而过，我开口，想要尖叫，却被巨大的气流与恐惧胁迫，半张着嘴却发不出任何声响……

一直到游戏结束，巨大的欢乐与膨胀的恐惧统统偃旗息鼓，我们并肩从游乐场晃出来，我要往南走，准备伸手打车，安河说他正好顺路，可以载我一程。

这便是我与安河的开始，他满脸倦意，却依旧冲我笑得温柔："来巴黎，这里有摩天轮和塞纳河。"

其实很早之前，早在初次相见，当我站在 Allen 的对面，抬眼看向一旁的安河的时候，我便知道，我跟 Allen 之间的友谊，就要行至穷途末路。

那之后的第三个周末，我拖着单薄的行李降落戴高乐机场。安河来接我，阳光在他的衬衫上留下好看的光斑，明媚满身，简直就是人间凶器。

就这样，我在暧昧不明的光景里，在距离铁塔不远的公寓安顿了下来。

最初，他分给我一个茶杯、一副刀叉、一层抽屉、一层冰箱，后来，我得到了半张沙发、半间卧房、半间浴室、半间厨房……最后，他甚至将唯一一把连着信箱的备用钥匙交给了我。

在这样循序渐进的暧昧里，不知不觉间，安河成了我生命中不可分割的一部分。

他带我去买雨靴跟衬衫，我们就那样旁若无人地行走在声色犬马的香榭丽舍大道上，我轻轻挽住他的手臂，与他分享同一杯咖啡或同一支甜筒，如真正的恋人一般。

而从来到巴黎那天起，Allen 这个名字就再也没在我们之间出现过。令我欲言又止的，是愧疚跟恐惧；而令他三缄其口的，兴许是短暂的遗忘，或是骨子里的贪玩与风流。

直到有一天，我支支吾吾问起 Allen 的时候，安河满脸郑重地跟我说，早在 Allen 回国不久，他们就已经和平分手。

当我满脸讶然地仰起头，试图诉说自己的惊奇的时候，他垂头，吻了我。

我对这世界的态度是不懂装懂，明明单纯却假装世故。偶尔咬牙切齿，偶尔怒目而视。而安河恰恰与我相反，他明明看清了世事的真相，却还是一如既往地持以笑容面对整个世界。

于是，我们彼此吸引，如同两个陌生而独立的个体，随波逐流，却偏偏撞在了一起。

那段时光，无疑是我在巴黎最最快乐的时光。我与他，头顶塞纳河南岸的阳光，坐在窗台上举杯相邀，远眺铁塔。

我们像恋人那样生活，然而谁都没有开口提起过爱上谁。我想要为他倾尽少女心，我甚至觉得自己就是一颗糖果，想象着吃完后他便会爱上我。

这期间，我的确收到了 Allen 打来的几通电话，却犹豫再三通通挂掉。后来一次，我决定拨回去，而在此之前，我无比认真地准备了一番凛冽言辞，它们至少听上去能够令我显得理直气壮不少。

我反反复复练习，甚至强调了字里行间的气息，然而就在电话接通的那一刻，突如其来的愧疚使我败下阵来。

Allen 说她回到布拉格，却发现我不在家。慌乱之中，我借口说自己在斯特拉斯堡。

Allen 仿佛听出了些许端倪，一再追问，我不得不瞒天过海，欺骗她说自己来这里拜访一位刚刚出国工作的朋友。

在我以假乱真的描述之下，她似乎是相信了，叮咛几句便挂了电话。

没错，我对 Allen 说了谎。我无法对她坦诚，更无法对自己坦诚。我像是接过一根接力棒那般接手了朋友的爱情，我为此欢呼雀跃，却无法与她分享。

四月末的一天，安河送了我一辆崭新的城市自行车，荷兰款，清新的薄荷绿色。我兴致勃勃地将它推出门，二话没说便从公寓一口气骑到了塞纳河畔。一路上赶尽风尘，快乐地就要飞起来！

接下来的几天，我给它装饰上车轮星星跟鲜花，陷入了满街溜达的好时光。那时候，我认定了自己是位劈风斩月的女骑士，而这辆自行车，便是安河送给我的高头大马。

白天，他去公司上班，我在卢浮宫附近的咖啡馆完成一天的写作，骑着漂亮的自行车在小巷中自由穿梭。

晚上回到家，我们拉开啤酒或香槟，将零食、小菜一一端上桌，打开电视，将生涩的法语新闻当作戏剧来听，声声入耳，仿佛海誓山盟，简直从头幸福到脚。

有时候，安河会带我去家后的花园散步，或者倒在沙发上翻看一本天文学的书。我呢，则躺在他为我编织的梦幻里，享受着爱情中的一花一雨、一尘一木。我们用马克杯干掉红酒和香槟，也曾在晚饭过后碗都来不及洗，火急火燎地夺门而出，只为追赶一场盛大的日落。

因此，在二十五岁这一年，我的梦是粉色的，理想是粉色的，爱情是粉色的，生活也是粉色的。我固执地以为，这世界的纷纷扰扰与我无关，巴黎本该是没有忧伤的。窗外的波涛汹涌与我无关，我只需要安河，需要与他在风平浪静之中携手余生。

那之前，我以布拉格为根据地，在欧洲四处漂泊。我没有家，却四海为家。我自诩为爱情中享乐至上的女英雄，没想到却成了安河怀中的俘虏。游乐场那晚，当他在无尽的黑暗之中看向我的眼睛，我就知道，无论我如何努力，都再也闯不出他的铜墙铁壁。

安河有一张废弃很久的工作台，由一块完整的原木木板裁成，纹路好看，手感舒适。

五月的阳光很是慷慨。我一时兴起，费尽九牛二虎之力将桌子从地下室搬上楼，挪至窗边。以至于那个夏天，每晚我都会敞开窗户叉开腿，拨着凌乱的琴弦，面对整个巴黎的夜色放声高歌。

安河总是倚在柔软的布艺沙发里，手捧杂志，静静看着我的背影，看我爱他越来越深，看夜色越来越迷离……

每每唱完歌，我便放下尤克里里，蹲在长桌上张开双臂，他抛给我一个佯装无奈的眼神，站起身，将我从桌上抱下来，接着垂下头，给我一串咬牙切齿的吻。

我也曾屡屡提出自己要回布拉格，否则，想必这"C'est la vie"式的声色犬马会将我满腔难得的雄心壮志生吞活剥！

可安河，却屡屡拦住我的腰，用一个拥抱将我留下来。

他说，亲爱的，留下来。留在法兰西，留在我的生命里……

然而好景不长，这看似一马平川的一切被 Allen 的强势回归打破。

她从朋友那儿听说我与安河的事，赶来巴黎与我见面，我犹豫再三，最终还是瞒着安河，暗暗答应了下来。

我们约在卢浮宫对街的咖啡店，下午三点半，我骑着自行车准时赴约。

一上来，Allen 梨花带雨地对我说了很多感人肺腑的话，大意是要我放开双手，还他们自由，替她劝安河回心转意之类的。待好话说尽，看我依旧无动于衷，毫无妥协之意，她便换以恶语相加。

兴许是羞耻作祟，我说服自己的内心，听她一字一句将话说完，一忍再忍，却最终没能忍下来。

当她撂下那句："无论爱与不爱，我都会重新将他夺回来！"之后，我颤抖着声音将她的话打断，起身进卫生间冲了脸，抬头看向镜中哭花了妆的自己，突然觉得爱情面前人人平等，好像也没什么好愧疚，更没什么好悲哀。

我痛定思痛，重新冲回大厅，在她喝着咖啡，用法式发音骂出一连串脏话之后，我端起桌角喝了一半的浓汤，想都没想便闭眼泼了下去……

尖叫声、呼喊声、斥责声，声声入耳，在我的脑海深处搅作一团。

我拎包，埋单，冲出大门，从街边的树下推过自行车，不顾一切地往家的方向狂奔。十字路口，一个急刹车，我腾空而起，分秒之间，仿似翻山越岭。

后来的后来，直到天光散尽，我瘸着腿，坐在河边，看着眼前心爱的自行车，轻抚自己摔伤的膝盖，痛哭失声。

回到家，安河已经等了很久。我一直在哭泣。安河沉默着帮我包扎了伤口，又喂我吃了水溶阿司匹林。他放我在沙发上躺下来，紧迫询问发生了什么。

这一天实在太过漫长。我原本想将所发生的一切和盘托出，可话到嘴边，却又生生咽了下去。

我有我的挣扎，就像每个人都拥有自己的恐惧。我害怕安河听到 Allen 的名字便回心转意，我怕他留给我一个满怀歉意的眼神，接着快马加鞭地回到只属于他们的过去。

"我没事，只是拐弯的时候分了心，不小心从车上甩了出去。"

安河若有所思地看我，我却想方设法地回避着他的目光。

后来，他不再追问，一如既往地亲吻了我的额头，然后起身去书房。

有人说，人性在夜间是最脆弱的。运气好的话可以安心睡去，运气不好的话就得与内心敏感焦躁的自己誓死拼杀，一直等到将所有思绪杀得片甲不留，才能勉强合上眼睛。

那天晚上，我失眠了。在法兰西的午夜，在塞纳河的星影里。面对着整座城市的浮光掠影，我彻夜辗转。

还记得当我夺门而出的时候，Allen 跟我说过的最后一句话，那是一句脏话，足够刻薄也足够锋利。可我却还是愿意将它当作一声深情款款的"再见"来听，至少说明我们的关系还未被现实撞得血肉模糊，至少我们还保留了美好的过去……

哪料那事之后，我的心虚，似乎加重了我的疑虑。

当安河因为加班而晚归，当他因为会议挂断我的电话，当我们的约会因半道杀出的公务而取消，我的假想敌一次又一次地出现在了我的恐惧里。

我开始不自持地冲安河大吼大叫，我的无名火在生活的缝隙里熊熊燃烧。我们的关系告急，没完没了地周旋在无谓的冷战与唇枪舌剑中。

我开始胡搅蛮缠，开始无缘由地歇斯底里，亦或抓住某些尚未明了的蛛丝马迹死死不放。

起初，安河屡屡将我拥入怀中，一面用言语使我冷静，一面用胡楂轻抚我的额头。后来，他习惯了退身去阳台抽烟，隔着厚厚的玻璃，力不从心地看着我的一脸乱象，接着重重叹息着，转身向夜色。

在安河日益冷漠的背影里，我开始莫名其妙地掉眼泪。

可往往鼻涕还没擦干，便被他一脸心疼地拉进公寓楼下的便利店，我们买两支冰激凌，相同的口味，一大一小，他漫不经心地甩出张百欧大钞，店员说没得找，后来还得手法娴熟地掏出我的小熊零钱包。

就这样，我们凭借一支口味奇特的冰激凌，迅速冰释前嫌。他拉着我，我舔着冰激凌，沿着公寓门前的大街一直走，一直走，听说这条路的尽头便是塞纳河。我试着前进过，可是因为电缆维修，道路封锁。

反观眼前的一切，事实上我比任何人都清楚，我的跃跃欲试，不过是为了平复自己内心的不安；我的"意气风发"，不过是为了麻痹噬骨的焦灼。

后来的一次，我们开车去布鲁塞尔过周末，一路上放着王若琳版的Lemon Tree，我觉得那首歌曲中所有的快乐加起来都不足以形容我内心巨大的欢愉。

当我们来到比利时，旧的世界会被抛至脑后，新的世界近在眼前。虽然只有两天，可两天足矣。

文艺片里一定要有一位善于受虐且乐此不疲的女主角。没错，我就是这样的姑娘。我以为爱恨别离不过是情场常事，兜兜转转反正都是要转回原地的。

我以为自己像一把顽劣的野草，刀枪不入，百毒不侵。我在欧洲的旷野上自生自灭，就算心碎一万次，也抵不过春风吹又生。

可一直到遇见安河，眼前的世界变得敏感而脆弱。

当我大口喝酒，放声高歌，或者因为一点点小事痛哭流涕，愤怒到想要对全世界竖起中指的时候，余光里，我清楚地看到安河正轻轻张开双臂，静静地等待给我一个随时随处的拥抱。

九月的一天，安河很晚才回到家。那期间我也曾给他打过几通电话，他却都以"应酬""在忙"为由，敷衍几句便草草挂断了。

这一切的一切似乎在暗示着什么。我往威士忌里加冰，然后躺进沙发里，喝了很多，却依旧无法抑制内心的忐忑。

十二点刚过，安河扭开了门锁，他冲进浴室，洗去满身酒气，接着走进了卧室并带上了门，却从未正眼看我。

良久，当我鼓足勇气走进卧室，欲开口询问，怎料他已经睡得安然。我无计可施，只好悻悻在他身边躺下来。

第二天一早，吃完吐司和煎蛋，他沉默着开车上班。我在阳台浇花的时候，很意外地收到了 Allen 的消息。滑开页面，呈现在眼底的是两张照片——灯光昏暗的吧台前，她环着安河的肩，安河则红着眼。

我查看了时间，正是十二个小时之前。

顷刻间，我的理智被强烈的视觉冲击摧毁。我从桌角夺过手机，照着那串熟悉的号码摁下了通话键。可就在下一秒，我的愤怒戛然而止。

我扔掉手机，冲了冷水澡，迫使自己冷静下来。转念一想，将那两张照片转发给了他。果然，没过半小时，安河回到了家。

他试图解释，却被我不分青红皂白的歇斯底里所击败。他用力扯开领带，焦躁迫使他在原地大步徘徊。

当我抛出一连串长而无理的锋言厉语对他恶意相讥的时候，安河终于受不了了。他一把将我拽至胸前，紧接着，一记响亮的耳光生生落了下来。

我面前的安河，一改往日的温柔，面色狰狞，怒发冲冠，像极了一头洪水猛兽。

在他虎视眈眈的目光中，我狠狠怔住。少顷，我捂着脸，拖鞋都没来得及换便冲出了家门。

一周过后，我打包行李，定了夜间航班，拖着一身惨淡回到了布拉格。

打烊的餐馆、熄灭的霓虹、最后的班车，以及来不及叫停的日落……我心不在焉地走在马路上，在某个无意抬头的瞬间突然发现，貌似这世间的一切，都在宣告着我们之间的无疾而终。

我是那种只要对方抛出一个诚挚眼神我便肝胆相照的姑娘，也是那种对方要七分我便将整颗心都掏出来拱手相让的姑娘。因此我伤得最惨，却也爱得最真最尽兴。

当我们看着彼此的眼睛，却暗自感慨憧憬抵不过现状的时候，当我们摊开双手，承认在取悦彼此的道路上已然江郎才尽的时候，我们的故事，就已经接近了尾声。

你不再蓄起胡须，道尽世间声色犬马；我也不再日夜期待，终了，徒留一身青涩的伤疤。如果爱你是一次冒险，那么毫发无损的，是你；面目全非的，是我。

这世界颠沛叵测，生命的脉络起承转合。等到一切繁华褪去，生活的真相如同海潮退去裸露于海滩的岩石，锋利、腥咸，潮湿，左右逢源……

安河曾经说过，对生活保有一丝天真、一丝好奇、一丝期待、一丝深信、一丝无知、一丝想象、一丝宽容、一丝良知。如此，它至少看上去不会像实际上那样面目可憎，不看太透，你就会快乐许多。

当未来的某一天，你坐在辗转难眠的午夜回首往昔，细数我们在彼此生命中留下的意义，兴许，时光已过二十年。

而那一刻，但愿你我都还记得，25岁那一年，我爱你的样子很倾城。

///

你好，我的情场终结者

我错过了我以为的爱情，却偏偏遇见了你。

原来情路相逢，也是一种命中注定。

搬到布拉格的第三年，我从安然自得的少女留学生变成了一个看上去光芒万丈，实则一穷二白的四流小作者。写了一本书，人生囹圄，定位模糊。

　　除了搞搞男女关系，我还常常自诩为搞文艺的。听信了那句"文艺女青年终将死无葬身之地，要么二婚，要么孤独终老，要么给比自己小三岁的男人当后妈"，我决定敞开胸怀，为人性的阴暗面劈天开日，破罐子破摔。

　　我也曾短暂地辉煌过，写了几个剧本，结果被业内资深人士定义为"赔钱货"。为了避免自己的职业道路从此被贴上"赔钱货"的标签，我决定暂时洗手不干，自愿退出影坛。

　　好在我情比金坚，脸比墙厚，胸怀抱负。起了个不打眼儿的笔名，搞起了小说创作，力求东山再起，成功转型为活生生的文学地下工作者。

　　七个月之前，我收到了国内一家电影工作室的招聘书。老板介绍说他们是个搞影视创作的民间组织，被称作影视界的"麻油叶"。做过几个不错的片子，是业内黑马外加潜力股。他说只要我按照自己的路子走下去，稍加包装，只需两三年，一准儿被捧成编剧界的宋冬野。

我被梦想与热血冲昏了头，意乱情迷之下就从了他们。于是，一纸合同的时间，我的身份更上一层楼，从小作者变成了一名预备役编剧，理想富饶，生活却依旧清苦。

做我们这一行儿，最重要的就是丰富内在，体验生活，懂得入戏出戏，偶尔跳脱。

我以此为由，发誓要好好利用手头的各项资源，历经千锤百炼，充实自己的情感经验，争取在不同的时间场合，结识品貌不同的男人，谈几场刻骨铭心的恋爱，交几个肤色各异的男友。

我家楼下有家俄罗斯式小酒馆。白天卖劣质咖啡，晚上卖纯正伏特加。醉生梦死好几回之后，我顺理成章地和酒吧经理好上了。

酒吧经理来自黑海，讲得一口流利俄语，还泛着黑鱼子酱的腥香。可惜我一个字儿都听不懂，我们只好靠站在原地搔首弄姿表达自己的需求。

不过我俩都不怎么在乎，能够各取所需，这就足够了。

公司老板跟我说："男人，是你爬上艺术顶峰的天梯，而沉默也是会说话的！抓住机会，要在不言不语之中好好感受情感的起伏与温度！"

没坚持多久，我和酒馆经理分手了。除了熟练掌握了几套岛国电影经典动作，情感方面，我什么都没揣摩到。

公司老板远隔重洋安慰我，说："人性人性，要有人也要有性！你别急，咱们可是搞艺术的，要将眼光放得长远，别把事物看得那么片面那么龌龊。要知道，打开身体，是探求万物根源的第一步。So，抬起头，挺起胸，Next——"

马达，我现任男朋友。我们是在一次饭局上认识的。饭局是我闺密桃桃组织的，起初，就是为了给我介绍男友。

桃桃是个好姑娘，优点一说一大堆，缺点就是和我妈太像，O型血的奉献型人格令我成了她大鹏展翅下千呵万护的小绵羊。自从她和王大卫结婚，就发毒誓要替我找个和王大卫一模一样的暖男托付终身。

其实桃桃不明白，以我目前的异性储存指标来看，我并不需要一个真正意义上的暖男。

干我们这行，要么风流多情，次次全心投入，要么打一开始就保持彻头彻尾的虚情假意。爱情是装备，与炮弹、枪支无异，可别将它夸张成制约情绪的生活必需品。要懂得武装自己，以此取得事业上的风生水起！

就在不久之前，影视公司老板跟我进行了一次语重心长的谈话。

他说："姑娘啊，趁着年轻，就应该多谈恋爱！要像储存石油那样储存情感经历。只有身入其中了，你才能够将感受运用到角色的构造之中去，就好比暗恋时的激流暗涌，热恋时的干柴烈火，捉奸时的惊心动魄，被甩时的泣不成声……好好体味，你笔下的人物才能够有血有肉，立体感爆棚，不然无论怎么写都是你自己的人格反射，假大空！"

我远隔十万八千里，弱弱地问了句："老板，我这算是被变相潜规则了吗？"

"姑娘，受益的又不是我！倒是你，你还想不想当宋冬野了？"老板说完就撂了电话。

这席话，令我一瞬之间醍醐灌顶，我指天为誓，要为了大红大紫的将来抛头颅洒热血，既然选择了远方，便只顾风雨兼程！

见面那天是个周六，桃桃很早就到了。她指着一摊水泥般靠在沙发角的男人向我介绍："他叫乌力，我们大卫的朋友，长得有点儿凶险，其实为人很仗义的。"

我看着文在那人胳膊上龇牙咧嘴的白虎，再看看他五大三粗喝茶的样子，悄悄将桃桃拽到一边，半开起玩笑来："黑社会老大不都长这样么？哎，对了，他是蒙古人吧？我不会说蒙语该怎么办呢？"

桃桃说："别闹了，人是正人君子！北京的！你瞅瞅，那大老爷们儿似的串脸胡，要多性感有多性感，好好把握哦！"

也不知道怎么了，桃桃说出的每一句话，都被机械性地整合成了四个大字儿，响彻我的耳畔——外！蒙！土！著！

去吧台添茶的时候，我注意到门边坐着一位面目同样陌生的男人。我跑去向桃桃询问，她说他好像叫马达，和乌力一起来的。

马达是个文质彬彬的男人，二十有八，歪打正着，看眉看眼看卖相，正是我目前需要的品种。于是，吃饭的时候，我故意避开乌力，在马达的旁边坐了下来。他对我微微笑，将椅子挪开了些，又很礼貌地将挂在椅背儿上的围巾摘掉。

吃到一半，乌力和王大卫已经喝得七荤八素。桃桃说要去对面买酒，却被我借机一把拦下。坐在一旁的马达跟着站起身，说，太重你可能拿不下，我刚好买烟，跟你一起好了。

就这样，我们双双从一片乌烟瘴气之中逃离，沐浴着半身月光，春风十里。

途中路过一家咖啡店，我提议进去喝杯红茶解解酒。

坐在橡皮树的阴影里，马达突然扭头，饶有兴趣地询问我："你是做什么的？"

我说："搞创作的，写小说，也写写电影、剧本什么的。"

他又问："写什么类型的？"

我随之仰头远眺，调整了眼神的深邃程度，信口拈来："穿越、情变、玛丽苏。"

"比如呢？"

"比如说，纯真无邪、人畜无害的女主角因为某次突如其来的撞车事件穿越回古代，遇见男主，经历了场半生浩劫似的情变，然后和霸道总裁乘坐时光机，穿越回了现代……之类的。"

听着听着，马达的目光就变了。变得像春水柔荡，又泛着点儿秋波。

其实我撒了点儿小谎，当然，也并不完全。我是准备写电影来着，就是还没来得及施展这方面的才能。

说白了，目前我就是一写故事的，没什么拿得出手的作品，水平跟《故事会》差不太多。就连那么几个屈指可数的读者，都是在群里发午夜福利收买来的。

不但如此，我写的故事还是用作催眠的那种。要知道，催眠的精髓便是
"无聊"，让人在翻书页的过程中不知不觉生出宁愿失脚坠入梦崖的冲动。

后来，我也主动澄清了自己的谎言。但说得没那么直白也没那么自我毁
灭。我说，我这是追求梦想，在或哀恸或跳脱的故事结尾赠人一场春梦，牺
牲自己，为失眠人群做点儿贡献罢了。

马达看了我一眼，捂着笑点点头，跟着说了句"石头都能被你说出花儿
来"，转手将添了水的薄荷茶递给我。

那天晚上，他执意送我回家。我们在楼下小树丛后的秋千上荡了好一阵，
见他没有半点儿要离开的意思，我还是决定放他上楼。

回到家，我敞开大门，摸黑将马达领进卧室，软声细语要他在我的大
床上稍作休息，然后脱掉大衣，像半路杀出的旋风一般去厨房和客厅收拾残
局——水槽清理干净，发霉的食物倒进垃圾桶里，抱枕和靠垫排成一线，散
落在餐桌上的内裤和丝袜塞进电视柜……

待我将一切收拾妥当，端来气泡水的时候，马达已经睡着了。他用毯子
将自己裹严，相貌平和，还毫不客气地打着呼噜。

打那一刻起，我认定了马达是个好人，一个正直的人，一个高尚的人，
一个脱离了低级趣味的人。

没多久，我们以两情相悦为原则，大摇大摆走到了一起。

我喝可乐的时候喜欢往里面吹气泡。特别是在与马达共享一杯的时候。
有人管这叫恶作剧，我却管这叫"有趣"。我总是先偷偷吹上几口，然后默

不作声地看他仰头将整杯喝下去。杯子见底儿的那一刻，满足感爆棚，我觉得可乐是我的，马达是我的，整个世界都是我的。

吹了两个多月，还是被发现了。

有天我们吃晚餐，马达突然举着杯子，表情狰狞地望住我，良久，他将玻璃杯放下，朝我倾了倾身子："你不觉得奇怪么？最近的水杯里总是有大蒜的味道。"

我对此心知肚明，却还是将脑袋摇成了拨浪鼓。因为减肥，那段时间我将晚餐调整成了洋葱沙拉。

自那之后，马达再也不喝可乐，可我对"吹泡泡"这项技能热衷依旧。

和马达确定关系之后，我一阵春心荡漾，没憋住，把这情况如实跟我的组织汇报了。我说，老板，我恋爱了。没想到这么快就收缴了个重量级的，我这儿内存太小，估计战备库也存不下别的了。

我以为老板会大发雷霆，不料他大腿一拍，来了句"好好好"！

我说："老板，您不是让我将男人当作推动事业的春药，进行大规模情感扫荡么？您不是说只要我再努把力，明年您就能把我捧成宋冬野么？"

老板说："呸，就你一幕后工作者也想一夜成名么？又不是银幕大明星！再说了，人宋冬野也是战备十年才好不容易打了一发响炮啊！"

我拉出我的小公主型人格，眉间带泪，心里却想着：呸！搞文艺的真他妈不靠谱，一点儿风吹草动就反悔！

正要挂断视频，老板抢了一句；"你好好儿谈着，用心谈，谈到出神入化的时候，我这儿给你准备一票大的，正好符合你目前体验的角色！"

我谢过老板，咬牙切齿摁黑了屏幕。

马达收到新公司录取通知的那天，是个周六。请客吃饭，一票狐朋狗友看鬼似的盯住我俩久久不放松："之前那份工作不是你的 dream work 吗？为什么要换？"

马达说："再 dream，工资太低，糊不住生活。"

我听了内心止不住一阵唏嘘，又有点儿小窃喜。没错，他所做的一切，可都是为了我。

在那之前的一个月，我遭遇了严重的创作瓶颈。公司说，再不努力就拉我去写鸡汤，或者把我卖进小黑作坊，做个能卖钱的底层段子手。

马达认认真真听完我的转述，用力抹去我的泪水，说，别害怕，你已经从写作中受益，练出了一套天人合一的多重人格。写不出来就不写了，那么多编故事的，不差你这一个！

"可我还没变成宋冬野呢！"

"一个糙老爷们儿，他长得没你好看，腿没你的长，胸没你的大，变成他干吗呀！天塌下来我挡着，有我在，你的人生就不可能有穷途末路的时候。"他当时说得别提有多当真，说完之后，我俩一顿抱头痛哭。

派对是在广场附近的一家小酒吧举办的。因为预约晚了，我们只租到了剩余的三桌，场地也只能和别人合用。

老鱼他们到得早，买了鲜花，还买了我爱吃的炸鸡、比萨、草莓蛋糕。

待我们进场，旁边一波人已经喝得个个儿面红耳赤了。马达先是组织大家干了一杯，又拉我在小阳台上吹风，喝着星星从法国带回来的红酒，夜风拂面，背景音乐正好是我喜欢的《粉红马提尼》。

没聊几句，他便被老鱼一伙人拉去玩儿掷骰子游戏，马达推脱不过，说就当是重在参与活跃活跃气氛，没来得及与我秀吻别，便被老鱼拽走了。

就这样，我被留在了原地。空虚寂寞，形单影只。

就在我抬腿准备移驾沙发的时候，一位穿黑色包臀小短裙的女人走了过来。

还没等我反应，她便伸出右手："你好，我是马达的前女友。在这儿碰见，好巧！"

我愣在原地，没料到这世上竟有如此之巧合，更没料到，这世上竟有这么理直气壮前来挑衅的。随后，调整了呼吸，将嘴唇抿成微笑的弧度，跟着伸出手。

可还没等我碰上她的指尖，她又迅速将手收了回去，轻轻托住酒杯，扮出一副天生高人一等的模样。

"哦，马达跟你提过么？我叫妮可朱！"

我没听太清，想都没想就问了句："什么……什么猪？"

她显然有些气血上头，加重语气重复了一遍："妮！可！朱！"

"我自己有一家外贸公司，做做国际贸易之类的。当初和马达分手，就是因为他不能接受我对工作倾注的热情比对他还多。你呢？我猜，你应该是顾家型的是吧？不然马达怎么会和你在一起呢？"

"没错，我的工作没有时间地点的限制，比较自由。确切来说，我是搞写作的……"

还没等我说完，妮可朱一把抢过话去："啊，原来你就是熬鸡汤的啊！"她随之笑了一下，表情别提多阴损。

我摇头，心想她怎么就能这般污蔑我的事业？

看我否认，她手头点烟的动作慢了下来："不是？那你就是宇宙无敌段子手？"说完便"咯咯咯咯"笑起来，那样子，别提有多丧心病狂！

我一面不卑不亢地忍耐着，含在嘴里的脏话一刻不停地翻着跟头，一面屏气凝神自我抑制，心里一遍遍告诉自己："您这是阵亡般的壮士洒热泪，人家是委屈样儿的梨花带细雨，您以为自己赢了气势，人心里骂你丫傻逼！"想着想着，意念深处那呼之欲出的风火轮儿被生生压了回去。

"你知道我为什么看上去比你丰盛么？"妮可朱吐了口烟，轻轻咳了两声。

我摇摇头，心里却想着，怪我咯？怪我咯？怪我活得浅薄咯？

她将不屑一顾的眼光撤掉，然后有点儿惋惜又有点儿不可救药地望住我，说："你吃过萝卜么？那种红皮白瓤的萝卜？看上去像是胡萝卜，一口咬下去，才发现是白萝卜。没错，我就是那种萝卜。"

"说来说去，你不就是一根儿萝卜么？！"当然，出于伪善，这句话我没说出口。要知道，我们搞艺术的，最擅长的就是在各种角色之间自由转换，上一秒还是青涩少年，下一秒就能变成如狼少妇。

看我听得不动声色，妮可朱继续道："马达扒掉我的衣服，发现我的皮肤是一种颜色；扒掉我的皮肤，又发现我的血肉是另一种颜色，扒掉我的血肉，又发现我的心脏是鲜红的。这叫角色重叠你懂么？这就是女人的迷人之处。"

我在心里默默回击：还角色重叠？您这叫多重人格！

妮可朱越说越激动，越说喝得越多。终于，被香槟浸过的脸，也逐渐变成了猪肝色。

直觉告诉我，她是那种杀人不见血的女人。对于步调一致的同类而言，她冲锋陷阵、所向披靡；反之，对于意见相左的异类而言，她是杀人利器，有分分钟斩断你一切快乐根源的本领。

"这世界多可爱啊！有你爱的人，也有爱你的人，可惜他们不是同一个人。其实你自己知道，任何一段需要你花心思去讨好的感情，都不会太久。为什么还要继续？"妮可朱眯着眼睛，一本正经地看向我，与此同时，很是遗憾地耸了耸肩。

她的一字一句，没有高音的冲击，却刺刀一般直直刺进我的心里。

如果说刻薄也是一种美，那么显然，这女人简直就是倾国倾城、步步生莲！

不远处，有个身影步步逼近，烛光里，我们看不清他的样子。我们都害怕碰见熟人，便双双别过头去，背对着背，假装出不相识的样子。

那人明显喝多了酒，有点分不清东南西北，没走近几步，便一个急转身，往卫生间里拐。

妮可朱见状，长舒一口，转过身来，将刚才点燃的香烟捻灭。她嘬了一口酒，抿住薄薄的嘴唇，继续道："你知道么？马达和我在一起的时候特别懂得分享。比如吧，他最喜欢的电影《楚门的世界》，最喜欢吃咖喱牛肉，还有波本威士忌……他喜欢跟我分享生活中的一切,当然了,还包括他自己。"

我站在高大盆栽的阴影里，看她那副声情并茂的刻薄劲儿，了解状况的，知道她是喝多了酒，不了解的，还以为丫真把自己当演员了！

想到这儿，我忍不住了，只好使出自己最不堪入目的撒手锏。

"你知道么，马达认识我之后，进步了。他不只喜欢单方面付出，我还教会了他彼此融入。"

我看见妮可朱收敛了一下眼神，分秒之间，却还是被我发现了。很明显，她有被这句话冲击到。

我知道自己占了上风，便将眉目调适至凛冽而辛辣。

"就比如吧，我喜欢往可乐里吹泡泡，马达总是眼睁睁地观看，然后心满意足地喝掉。"

妮可朱端杯子的手抖了一下，神情一愣，身子还隐隐向后倾了小半步。她显然没料到我会在这个节骨眼儿上还击，于是用力斜了斜眼睛，说了句："不知羞耻的！"

我假装没听见，故意将吸管嘬得"滋滋"响。

妮可朱明显不甘示弱，她忍住心虚，咬牙切齿地来了句："你是担心我要把他抢回去？担心我将他再一次占为己有？"她望向我，目光步步逼近，"你说说，你有这种担心么？"

　　我静静站在原地，一忍再忍，想象自己正旋转、跳跃、闭着眼。她看我沉默，权当默认，笑得傲娇，说："好啊，那我就作回善人，成全你这种担心好了！"

　　她的酥胸一摇，世界倾倒。我的满心惆怅，无处可逃。

　　直到派对散场，马达才重新出现在我的身边。我憋了一肚子的火儿，又不敢轻举妄动。要是他没看见妮可朱，那我岂不是自导自演了此地无银三百两么？

　　马达靠过来，温柔吻了我的脸。他着手将剩下的零食打包，我像根水泥柱子似的在他跟前杵着。

　　"怎么，刚刚认识新的小姐妹了？"他勇敢，先开口。与此同时，回过头来看我的反应。

　　"什么小姐妹，是狭路相逢的死对头好么？怎么，你看到她了？"

　　马达意味深长地点了点头。

　　我将酒杯在桌面上撞得"Duang Duang"响："那你是眼睁睁看着我受委屈却故意不挺身而出么？你不昨天晚上还说你是我的蜘蛛侠么？"

　　马达没回头，也没停下手中的动作。

　　"你们不聊得挺热烈么？没见谁伸拳头蹬腿儿的呀？你想想，我要是半道加进去，那场面得是有多尴尬？！还有，我该说些什么呢？旧爱你好，看我新欢的胸大不大？"

　　理智告诉我，马达这是打心眼儿里和妮可朱断了个干净，所以根本没当回事儿，因此觉得我应该也不会太当回事儿。可妮可朱的盛气凌人，又让我情不自禁地给马达扣上了一顶对前任念念不忘的帽子。

我没忍住，抬手将他打包好的东西一股脑扫到了地板上，然后用力踩了两脚，转身冲进茫茫夜色。

我去找闺密桃桃诉苦，桃桃一脸悲壮地看向我。她说："何必将爱情活脱脱憋成了快来大姨妈的痛经少女？要我说，您要么流血一生，要么切除子宫。"

"我凭什么就这么缴械投降呀？输人输情不输势！谁勾搭个男人都不容易，我凭什么半路退出偏偏给她人作嫁衣。"说完，我入戏一般放声大哭。

桃桃坐过来抽纸巾帮我擦去泪水，然后趴在我的肩头无计可施，徒留沉沉叹息。

自那以后，我和马达之间就再没过过舒坦的日子。我看哪儿哪儿不顺眼，做什么都觉得气不打一处来。

有天晚上，凌晨一点多，我给马达打电话。响了六七声才被接起。他说他有点儿事，回家再解释。我正要挂掉电话，那头传来了妮可朱的一声疾呼。

等我反应过来，马达已经挂上了电话。

兴许我打心眼儿里就没想要分清楚青红皂白，于是，将本该用来应对妮可朱的一身打死不服输的浩然之气全用在了马达身上。我不过是怕受到伤害，怕自尊被最亲近的人无情撕裂，便抢先一步跟他摊牌。

直到凌晨，马达回到家。正要跟我解释，我一把将他推倒在了沙发上。然后抬手摔了一只事先准备好的茶杯，将气氛推至风口浪尖。

我说："马达，我根本就不爱你，确切点说，是打一开始就没爱过你！你只是我攀登事业巅峰的一块儿岩石，我不过是利用你体验爱情。我以前有过很多男友，汤姆、杰瑞、耐克、阿迪，数都数不清，你喜欢妮可朱就滚回她那儿去，反正我无论精神还是身体上都不需要你！"

马达看着歇斯底里的我，像是看着一个陌生人。

我收拾行李，连夜搬去了桃桃的公寓。

隔天晚上，我收到马达的短信，他说："剩下的东西先别忙着搬走，我们都先冷静冷静，如果到了这个月 31 日还这样，就在那天分手。"

还 11 月 31 号？吵架都能吵得这么文艺，你以为你在演电影？！

我没回复，然而心中默许。拿起浴巾去浴室，关掉手机。

闺密天生一副好脾气，不像我这般面目可憎、睚眦必报的。她对王大卫尤其温柔，遇到什么事儿都轻声细语不温不火。

她的生活充斥着粉红色，有时候我也挺羡慕。倒不是羡慕她嫁给王大卫这样的高学历技术男，而是羡慕她懂得拿捏大局，懂得忍气吞声。

闺密的撒手锏可不是一张贱嘴，而是两汪热泪，遇到事儿先忍着，忍不住就哭。哭得梨花带雨痛彻心扉，好像受尽了世间凌辱似的，哭到王大卫就算不被打动也不得不装出被打动的样子，这才算完。

就比如，王大卫和前任是同事，不在同一部门，却也有业务上的往来。每当桃桃知道他需要出席有前任的场合，便提前两晚将衬衫、西装熨好，一大早起来帮他凹造型，洗脸洗头剃胡须。

王大卫心中自然有数，常常说，我老婆就是我老婆，识大体，懂生活！懂得以柔克刚，又表面平静胸有城府。原来，闺密也是狠角色的一种！

生活没有我想象的那么好，也没有我想象的那么糟。我的脆弱和坚强也都出乎我的意料。有时候，我会脆弱得因为一句话就泪流满面，有时候，我发现原来自己咬着牙，已经走了很久很远。

11 月 30 号，马达来桃桃家楼下找我。看他那副垂头丧气的模样，就知道他是来求和的。

妮可朱那件事儿，我已经抛到脑后好多天了，回头想想，为那点儿小破事儿流泪流汗大动干戈的，我可不是爱上他了么？

那天，马达从老鱼那儿借了辆二手斯柯达，玻璃坏了，权当敞篷。我俩听着公路电台，在乡间小路上一阵颠簸。

后来，马达将车子停在一棵被雷劈过的椴树下，捧起我的脸。

"你当初真拿我当炮使么？"就着惨淡的月光，他的声音和表情显得特别凄楚。

我哼哼唧唧了好一会儿，低下头，说："其实我打一开始就没拿你当枪当炮，你和汤姆、杰瑞、耐克、阿迪们不一样，这次，我挺真心的，动用了二十多年没动过的真心呢。"

马达听罢，很是满意地点点头："除此之外呢？你利用过我么？"

我又是一阵支吾："就上回派对那次，我把你喝我泡泡可乐那事儿告诉妮可朱了，拿你做了回挡箭牌，没想到还挺好用，一句话就把我的气势扳回平局了！"

我以为马达会生气，然后拉开车门，将我扔下去。没想到，他笑得风流又饥渴："没事儿，你就是拿我当炮使我也愿意！"

"那妮可朱呢？到底该怎么处理？"

"你能不给自己找不痛快么？你还把人杀了不成？过去了就过去了，还提？"

我错过了我以为的爱情，却偏偏遇见了你。原来情路相逢，也是一种命中注定。

那段时间，老板应该是发现了我的状态温和满血复活。他发了视频给我，说："你目前的积累量差不多了，现在施展才能的时候到了，给你一主题，就写'情路相逢勇者胜'，注意注意，别再写成赔钱货！"

我隔着屏幕，看着老板的小胡子，突然觉得他特别倜傥、特别慈祥、特别和蔼可亲。

情路相逢勇者胜！然而爱你的时候，我却面目可憎。

我千回百转柳暗花明一路撞得头破血流，好在岁月终究没能辜负我。对了，原来11月没有31号，那么，在我们相爱的第五年。

马达，生日快乐！

摩洛哥爱情故事

那时，眼泪是真的，心酸是真的，
想和你走到天涯尽头海枯石烂也是真的。

我觉得，我这辈子再也不会遇见 Leon 了，当我独自坐在南德慕尼黑的玛丽恩广场上。这是很多年后的一天，五月末的阳光慷慨无比地洒向全身，鸽群自头顶一掠而过。

　　不远处教堂的晚钟敲响到第五下，一阵强烈的失落来袭，重力迫使我紧闭上眼睛。在某个突如其来的瞬间，我清楚地意识到，与 Leon 相识，已然七年之久。

　　终于，我有机会来到他的城市过渡，然而遗憾的是，我们的故事却是以沉默告终。

　　21 岁，当我站在异国他乡的街头，我的白日梦缓慢而冗长。没有被现实击退，梦境仿佛就没有尽头。而在做梦的年纪里，我的眼中全是 Leon 的身影。

　　这件事的开始，源于一次哲学系同学的湖边烧烤。那天阳光灿烂，整个世界绿成了一片无边无际的呼伦贝尔大草原。

前半段儿，大家生火、添碳，将野餐毯跟预备好的酒水一一排开。后半段儿，来自美国 PUA 的橙子哥站在一截被伐断的木桩上，兴致勃勃地给大家讲起了"把妹学理论"。

比如不能中途退炮，比如怎样完美街约，比如回床率大数据统计……所有人都听得兴致勃勃，只有 Leon 热火朝天地忙碌着——生火、填料、串菜串肉……

正可谓"挥手自兹去，一撮孓然来"。

橙哥讲得手舞足蹈，尽兴处恨不得搬出一副指点江山的阵势来。大家围成一圈儿席地而坐，鼓掌、尖叫，Tina 则打着尖厉的口哨。

后来，不知不觉间，高空一声响雷，不及大家反应，便下起了倾盆大雨。就在我抱着一篮食物，诚惶诚恐间被淋得一派狼藉的时候，原本已经跑出好远的 Leon 突然转身回来，拉起我的手，带我钻进背后不远处的一小片树林。

在一片椴树的阴影中，我们四目相对看着彼此，十米开外的空地上，风声大作，而头顶的树影，勉强为我们搭起了一处狭窄的避难所。

接下来，是更加漫长而焦急的等待。我往树影深处钻，低头扭干裙子上的水渍，Leon 笑着，伸手帮我擦去了脸上的水珠。

后来，我没忍住，踮起脚，犹豫不决地蹭了蹭他的下巴。

而就在下一秒，他抬手拥抱了我。

时至今日，我早已记不起那个拥抱的形状。是炙热的，还是冰冷的；是胡椒味儿的，还是充盈着剃须水的清香……我只记得，那个寓意丰盛的拥抱，夹杂着河风的潮湿与花果的芬芳。

这，便是我与 Leon 的开始。而那个拥抱，是彼时的我对爱情的全部憧憬与领悟。

然而，一切又仿佛仅止于此。没有鲜花，没有告白，没有约会，原本该延续的一切戛然而止，就好像湖边那场突如其来的大雨，来时猛烈如注，走时无声无息。

Leon 张罗起单身派对那一天，是 2 月 14 日，情人节。

我跟身边所有的朋友一样收到了请帖，可是我却并未赴约。

晚上十点，派对应当刚刚开场，我返回学生公寓的途中，乘巴士到酒吧门口，躲在茂盛的悬铃木的树影里，透过宽阔的落地窗，试图看清他的脸。

彼时，Leon 坐在距离我不远处的一处旧沙发里，端着一杯鸡尾酒，隔着厚重的欢愉，若有所思般看着眼前发生的一切。

兴许是角度的关系，我突然心生感慨，觉得他像是一座被世事遗忘的孤岛。

没过多久，我回国度假，一票肤色各异的朋友组团来机场欢送我，Tina 还给我带来了她亲手制作的羊毛毡蘑菇抱枕。

我心不在焉地与大家拥抱、道别，举目四方，茫茫人海中，却唯独没有他的身影。

我乘坐飞机，跨越大半个地球，心灰意冷之余，我们之间被拉开了足足六个小时的时差。

可当我落脚酒店，刚打开电脑，第一时间便接到了 Leon 的邮件，他发信告诉我，本来情人节那一晚，是要跟我表白……

彼时彼刻，我刚刚脱掉高跟鞋，抖落一身疲惫，站在 24 楼的窗前。微微俯首，便能够望见脚下整条霓虹闪烁的大街。我将邮件一字一句读到第三遍，瞬间便迷失了方向，心头一热，冲进浴室冲了凉，而从浴室返回客厅的途中，我更改了回程的机票。

就这样，在短暂的分别之后，我们重逢。没有缠绵悱恻的场面，没有广而告之的聚会，命运所趋，我与 Leon 蹑手蹑脚地走到了一起。

我们安静享受着这座城市的黎明与黄昏，一次又一次将秘而不宣的暧昧拿给众人看，他们揣测、询问，我总是想要一脸骄傲地透露出些什么，可 Leon 却从来对此闭口不谈。

后来，我们开始无端地争吵，冷战。有时是因为无关紧要的生活琐碎，而更多是因为我要他公开我们的关系，他却屡屡搪塞说还未到合适的时机。

我想我们都很明白，在这样一个飘忽不定的年龄，谁都不会甘心情愿停下脚步，成为谁的一生。就在这样情感的逼仄中，拖着，挣扎着，末了，只剩下沉默无声的苟延残喘。

Tina 骑车扭伤脚那次，是一个天昏欲雨的圣人节。

临近午夜，我跟 Leon 一如既往地坐在宽阔的阳台上，听一盘乌德琴的试音碟。第一曲终了，他的电话突然响了起来。他从兜里掏出手机，扫了一眼屏幕，低声说了句"哈喽"，接着垂眼偷瞄了我一眼，半捂着话筒进去卧室。

十多分钟过后，当 Leon 再次出现在客厅的时候，我惊奇地发现，他已经换好了衣服背好了包。我诚惶诚恐地问他到底发生了什么，他特意用了几个我听不太懂的德语词汇，草草搪塞几句便不由分说地拿起大衣，连鞋带都没完全系好便"砰"的一声带上了房门。

那天晚上，我躺在床上迟迟无法入睡。辗转反侧之间，我的心在苦苦等待着 Leon 的回归。

一直到第二天中午，他才顶着一双乌黑的眼眶重新出现在我的面前。他看上去很疲惫，一面避重就轻地跟我婉言解释，一面将冻好的啤酒从冰箱取出来。

他虽然始终没看向我的眼睛，可背影里早已写满了抱歉与不安。我默默站在原地，什么都没说，只好从背后将他轻轻抱住。

之后一次见到 Tina，是在波兰小姐妹 Jolanta 的生日派对上。酒过七旬，每个人的脸上都升腾起一种经久不见的情欲来。

我跟一票搞弗朗明戈音乐的朋友站在香槟塔前聊天聊地聊八卦，无意中将目光投向不远处的人群，发现 Leon 坐在吧台一头，身边是风情万种的 Tina。

从这个角度望过去，他们看起来热络万分，地痴痴地笑着、眨着眼，光洁的双腿悬在半空中绞来绞去。午夜的风，在她的双腿间来来回回穿堂而过。

她单手托腮，时刻对他献以仰望的姿态，时而将手臂搭上他的肩头，后来，他在她耳边轻轻说了些什么，她笑得旁若无人，前仰后合。

在某个突如其来的瞬间，一股与生俱来的嫉妒攫住了我。我就快要被眼前一派风和日丽的"假象"所击溃。一而再再而三的隐忍，终了，摔碎了手边的一只高脚杯。

那夜之后，我跟 Leon 之间的关系变了模样。我们一次又一次地争吵，和好，各种胡搅蛮缠，各种互相攻击，各种歇斯底里，各种委曲求全。

我们被彼此困在这段真空的情感中，欲逃之夭夭却无法全然脱身。他依赖我，我依赖他，一种充满吸引和障碍的关系，绝非前进与退让那么简单。

反反复复的煎熬，不知何时是尽头。烈焰中觉得浑身碎裂一般，又好像跌入激流，完全没有方向，痛苦没有止息。

我始终觉得，爱情的发生是一个太过冒险的过程——对彼此的迷恋、理智与情感的冲撞、不自控的热血澎湃、谜一样的患得患失，随便挑出一件，稍稍用力过猛，便会轻易将自己击垮。

就这样，熬过了五年。

五年，我们纠结在一段尚未明了的感情里，透不过气来，如同画地为牢。只有遭遇过的人才知道，爱欲的捆绑束缚比什么都强大，百般冲撞也无法突破铜墙铁壁。

但幸好有突如其来。突如其来，最好的作用是让一切看似山重水复疑无路的事物在沉默之中开始隐秘而迅速地变化。

如同一堆篝火会烧成余烬，漫长黑夜会转回黎明。然而现在的我，如同一片海洋，水面波澜不惊，再往深里看，却是自顾自的激流暗涌。

爱情最可恶的地方便是在于，开始即高潮，之后，无论怎么走，终点都将是结束。而恋情，原本就是从陌生到熟悉的过程。陌生时的怦然心动，接近幸福时的惴惴不安，惺惺相惜时的干柴烈火，接着，巅峰过后，徒留下坡。

而我也清楚地意识到，一个新的开始，也许会随时发生。

这一年，我二十六岁。顺利毕业，在一间东欧电影博物馆工作。

布拉格的傍晚，昏暗、闷热，有时候有雨，下班后，我独自坐在酒吧喝酒，这座城市的饱满热烈与过客匆匆跟一个人的无所事事形成巨大的对比，尤其令人伤感孤独。

我与 Leon 的故事还在继续，在拖沓而冗长的五年之后，我们陷落于同一屋檐，却丧失了对彼此的一切热烈关照。

兴许是为了证明我仍然在热切而用心地生活，而非坐视它于不顾。在那漫长的人生旅途中，在那些不期而遇的动情时刻，在华丽的风景定格于脑海的一刹那，我得以让自己坚信一切沉默与低谷自有其意义，而我仍然有能力让生活变得风和日丽。

因此，我决定旅行，去摩洛哥。

听到这个消息的时候，Leon 正埋头修一只坏了的电插座，他闻声，突然仰头望向我，纵然有些失落，可眼中明显有大面积的激动浮游。

我知道，Leon 也是渴望着摩洛哥的。他曾跟我说过，有本书上说，摩洛哥是众神的避难所。

在启程之前十多天的时间里，他在网上查了厚厚一摞资料，再帮我将大大小小的城市整理起来，连成一条齐整而了然的线路，以此为例，画了十几幅路线不一的手绘地图。

我看不懂卫星地图，这个 Leon 最早知道。

那时候，我初来乍到布拉格，我们之间也还依旧陌生。在来到欧洲的第一年，为了尽快融入社会，我跟朋友们进山野营，我因为好奇，拉着 Leon 去采了半筐蘑菇，后来跟大部队走散。

Leon 的砖头手机很快没电，我便用上了自己的导航地图。

于是，在我自信满满的引导之下，我们离营地愈发遥远，直到天光殆尽，才好不容易找到升起的篝火。

后来一次，是在威尼斯。Brano 岛上，我们寻找水上巴士停靠点，明明路标清晰，我却执意打开手机地图。

结果不出所料地，以迷路告终。

出发摩洛哥之前的一晚，我待在家中收拾行李。大概是五个星期的旅途，我选择了一些清爽便利的衬衫、长裤，记事本以及相机，一并塞入的，还有雨伞和厚披巾。

在那之前的一年，我曾与 Leon 结伴去过一次西班牙。那时，我们之间的关系比此刻更加扑朔迷离，至少在我看来，目的地丧失，做再多努力，都仿佛只能停留在原地。可是相反，我们还一起出去旅行。

兴许，仅仅是为了路上有人分担。

作为电信咨询师，Leon 的工作忙碌，只有一个周的时间，于是我们放弃匆匆忙忙的走马观花，将目的地定在了巴塞罗那。

我们入住的公寓式酒店位置理想，步行五分钟便能到达海边。因此很多时候，Leon 都在海边的水烟店里喝到很晚，或者和一群面目陌生、语言不通的西班牙人大眼瞪小眼地，将球赛直播一场场看过。

Leon 喜欢喝水果酒吃 Tapas，而我喜欢气泡水跟海鲜饭。也是在真正共处的三个月后我才知道，我们之间的兴趣完全不同。

我擅长叫嚣生活，且野心勃勃；而他的欲望很轻，不愿追逐，仿佛生命只需要维持最基本的满足和享乐。

所以在巴塞罗那的那几天里，我时常一个人出门，沿着对角线大街一直往前走，直到道路的尽头，再打道回府或转换方向。

有时天空突降一场倾盆大雨，有时阳光猛烈来袭，一切都是这般阴晴不定，像是我们之间的关系，秘而不宣，闷得人透不过气来。

我对彼此间的现状假装无所谓，却发现 Leon 是真的不在乎。就这样，我的力气，我的情感，每一天都在被消耗被利用，渐渐地，我练就了一身自欺欺人、掩耳盗铃的本领……

直到遇见一个注定要遇见的人，经历一段注定要发生的恋情。

到达 Chefchaouen，是早上九点半。来机场接我的，是一个既是糕点师又是画家的男人。

无关肤色，无关人种，无关语言，凡带着这样双重身份的男人都会无端惹得女人心中一动。他无疑拥有会说话的双手和双眼，这便足以颠覆人心。

所以，感谢上苍，当我在干燥的风尘中原地等待了整整三个小时之后，迎来的是这样一个步伐潇洒的 Host，我的摩洛哥向导，我 32 天住宿家庭的主人。

他叫 Luka，一个西班牙男人。他有茂密的络腮胡，还有比星星更要明亮的眼神。

他拥有一辆亮红色的老款小汽车，看上去很旧，后座的玻璃窗还坏了半扇。他将右侧车身整面绘制上了马赛克式的花纹，这令一件废铁转眼便充满了艺术的气息。

在去往住地的路上，我们随意聊起彼此来到摩洛哥的原因。

Luka 说，七年前，他与女友来摩洛哥旅行，对这个时光深处的国家一见钟情。四年之前，女友在一次车祸中丧生，他便抛掉了在马德里所拥有的一切，来这里开疆辟土，鼓足勇气将人生重头来过，开启了灵魂漂泊的后半生。

Luka 很贴心，在我感冒到几乎无法呼吸的时候，他煮了全菠菜汁。他也很敏感，当我们一起坐在沙发上夜聊，电视里放着阿拉伯电视剧，我们讨论着彼此的过去，他却显得有些小心翼翼。他有时也会很苛刻，当我费尽九牛二虎之力，揉面、和馅儿，煮出一盘歪歪扭扭的菠菜饺子的时候，作为一名糕点师的他，皱着眉头仔细端详了饺子好久，放下盘子，从口袋拿出自己的香水，说，我宁愿吃这个也不愿意吃这盘来路不明的东西。随后，很是夸张地往自己的口中喷了香水……

幸运的是，我每天起床都可以吃到躺在冰箱里的五花八门的甜点，有时是巧克力碎片，有时是草莓蛋糕，有时候是西班牙油条，还有口味奇异的生薄荷慕斯。

在我每天为做中国菜将厨房弄得乌烟瘴气的时候，他给我们做了一顿西班牙的海鲜饭。

那天应该是个周末，他的阿拉伯朋友从菲斯来看望他。他们一个人放起了电子音乐，一个人拿起非洲手鼓，在家里边唱边跳了起来，Luka 扫着完全不会的吉他，带着圆圈的墨镜，哼着歌曲，像极了《这个杀手不太冷》里的里昂。

Chefchaouen 老城内有一个观景台，大家都习惯在那里眺望地中海。可偶尔回过身俯瞰街道，它又呈现给你另一种趣味。

有时候，我们两人就这么无所事事地消磨掉一整个下午，海风腥烈，相对无言，背后各是一生的波涛诡谲，想说，却又不知从哪里开头。

不得不承认，我们之间有过太多尽兴的时光。但是，最清晰的场景，还是那天早上——

我洗完衣服，Luka 拿起钥匙，陪着我一起上了露台去晾衣服。

那个露台正对着长长的海岸，那是我第一次见到地中海，兴奋得抱着一只大红色的塑料盆手舞足蹈。

在我晾衣服的时候，Luka 一直站在我旁边，我晾的速度越来越慢，不断瞥向他。

晾到最后几件，我背过身，小声催促说："你先下去。"

"一起走吧。"他眯着眼睛望着我。

"你先下去！"我重复了一遍，整个人都憋红了脸，甚至要朝他吼起来。

"Underwear？"他拍了拍脑袋，恍然大悟。

……

地中海的海面来风突然轻轻地吹着，直到很久很久以后的今天，我还清楚地记着那天上午，一排排晾衣绳上的白色衬衫被风吹起，在清亮的日光下，Luka 的面目温柔得一塌糊涂。

就这样，我在摩洛哥消耗着自己的时光，我想念 Leon，却又不愿回到他的身边。

渐渐地，Luka 成了我此行此地唯一的依靠。我们每天被细密的阳光晒醒，穿上好看的衣服，去镇上的茶馆儿喝薄荷茶，然后坐在观景台的边缘，看日光很是慷慨地撒向波光粼粼的海面。

某天早上，我一时兴起，坐火车前往附近的一座小镇。

四个小时的旅程，形形色色的摩洛哥人和我擦肩而过，抱着医学书籍的学者打扮的男子，裹着低胸衣蹬着高跟鞋的摩登女郎，对面穿着大白袍的老者坐着坐着就开始盘腿祷告，还有两对老夫妻聊着聊着成了好友，道别的时候互相亲吻脸颊，他们说的话我一句也听不懂，但是却很享受世界与我无关的乐趣。

一路上我都在打盹儿，自顾自地看窗外的风景，要知道，这是一条沿海岸的路线，可以看见海边的房子和海面远远相接，等到太阳下山，所有的建筑和蔚蓝的海都被染成金色，一时睁不开眼。

背靠着阳光，对面的风景是无边的田野，茂盛的草木轻轻地摇曳，时不时有成群的牛羊，耳边又一直灌进听不懂的阿拉伯语，一定是时差作祟，让我觉得他们是在作诗，类似于阿拉伯文的"夕阳西下，风吹草低见牛羊"之类。

这情景，让我更加昏昏欲睡。

后来，我毫无意外地坐过了站。不懂当地的语言，更找不到回程的班车。在循环往复的折腾过后，我的手机也宣告停电。

就这样，我在一座全然陌生的古城里一直走，一直走，直到傍晚，才找到城中一家美式快餐店。老板说着流利地道的英语，将唯一的充电线借给了我。

我干脆打电话给 Luka。在电话接通的刹那，我像是抓住了一杆救命稻草，我很紧张，一刻不停地讲话。Luka 似乎听出了我恐惧，告诉我深呼吸，要我安静下来。

我照他说的去做，果然，情绪缓和了很多。

他要我说出地址，我直接将手机递给了餐馆老板。后来的后来，Luka 轻声安慰我，说，别担心，一会儿见，我马上来接你回家。

一直等到午夜，那辆红色的小汽车果然出现在我的面前。

我几乎横冲直撞进了他的怀里，紧紧抱住他的腰。余光中，Luka 好像笑了，他摸着我的头，抬手向老板要了大份薯条和两杯冰镇啤酒。

镇上没有旅店，可我们需要在这里过夜。好在餐馆老板将一间仓库留给我们将就一晚。整个房间经久不见阳光，充满浓重的霉菌的味道。

我睡不着，睁着眼睛看天花板。Luka 问我要不要上房顶跟他看月亮。我点点头，披上了他厚厚的皮夹克。

那一夜，在他乡异镇的房顶，我将长发挂在 Luka 的膝头，侧脸贴近他的胸膛。他抚摸着我的脑袋，一股汹涌而至的温柔将我俩包裹住。一时之间，我再也听不见任何声响，耳边唯有他的鼻息与彼此的心跳。

有那么一个莫名的瞬间，我觉得自己回到了家乡，或者，是如家乡一般的远方。

不知过了多久，我拖着满眼的昏昏欲睡跟他下楼。我们相背而眠。夜风从窗口灌进来，害羞令我闭紧了双眼，而他则侧过身来，亲吻着我的头发。

当我再一次睁开眼睛，天已经亮了。Luka 在我背后睡得正香，我轻手轻脚地爬起来，再一次独自爬上楼顶。看着眼前陌生的村庄与浮云，突然觉得，无论昨夜发生过什么，无论多么伤心，多么恐惧，多么快乐，太阳下山后，明天还是会爬上来，江原辽阔，个人的喜怒哀乐是何等渺小……

从马拉喀什到卡萨布兰卡，从地中海到比星辰还要遥远的撒哈拉，摩洛哥的街头，遍布着大大小小的茶店。

而 Chefchaouen 城内最好的一家，正好就在 Luka 的公寓楼下。

一直到第五次光顾，我才注意到茶店的墙壁上挂着一副残破的画，彼时，我正与 Luka 无所事事般站在 Dream Odyssey 的背景音乐里。

画上是一对身影佝偻、步履蹒跚却执手前行的老年夫妇，让人缅怀，让人悲伤。他们走过沧桑，走过跌宕，又或者是度过平静无扰的一生，而此时，正迎着夕阳共赴人生尽头。他们的背影安详，没有遗憾，没有恐惧，仿佛无论岁月先带走哪一位，都是公平。

就在某个突如其来的瞬间，Leon 的面孔在我脑海中一闪而过。与此同时，一股强烈的情感攒住了我。

就在 Luka 转身，将一杯薄荷茶递过来，欲牵起我的手的时候，我抬头，丢给他一个泯灭难辨的眼神，紧接着，抬脚冲出了大门。

Luka 在背后一边追逐一边大叫着我的名字，我鬼使神差般，向着海岸的方向跑。

末了，我终于跑不动了，脚步渐缓，直至在水边停下来，我背对着他，宏伟的日落就要震慑出我的眼泪。

Luka 大喘着气，悉心问我发生了什么？我大声喊着，说我不喜欢这样的场面。

他问为什么。

我说日落意味着白昼的结束，像是生离死别！可我从来就不喜欢"结束"，不喜欢"离别"！

Luka 一定是被我莫名其妙的愤怒逗乐了。他伸手扶过我的脑袋，放置在自己的胸前，轻声说着："你仔细听，海浪是会说话的，沙漠是会说话的，夜晚也是会说话的。'未来'也不过是'过去'的另一种形态的呈现。你看，从来就没有结束，没有离别。"

我微微仰起头，看着 Luka 近乎完美的侧脸，突然间明白了一件事：世间一切皆为因果。没有痛苦，就没有拯救。

那天晚上，Luka 敲开我的房门，将一颗宝石戒指给了我，那是一个复古厚重的金色镂空指环，众星拱月般围着一颗小巧而精致的托帕石，样式古老却不失精致。

他说这戒指是他无意在集市上看见的，它的名字叫"摩洛哥之夜"，觉得好听，顺便买了下来，送给我，就当作个纪念。

说着，他错过身，撩起我的长发，在我额头印下一个浅浅的吻。那个吻看似刻意实则漫不经心，短暂而清淡，浅到无可救药。

许多个夜里，我手捧着一大瓷杯薄荷茶坐在他的身边，听着乌德琴的旋律，沉浸在对这座城市那些奇幻经历的想象里。

曾几何时，我甚至希望这趟旅程没有结束，这段时光没有尽头。就让我看着地中海，听着琴声，嚼着涩口的薄荷茶，直到人生落幕……

短短一个月，犹如白驹过隙。

临走的那天早上，Luka 很早便从床上爬起来，泡好了咖啡，烤好了土司，直到天光明亮才敲响我的房门，隔着门缝，将一杯早安薄荷茶递了进来。

我睡眼迷离地摸去浴室，洗漱完毕，下楼吃早餐。

直到我拿起第五片吐司的时候，他依旧安静地看着我，不发一语。

我不敢看向他的眼睛，只因为我们就要告别。

在机场，Luka 帮我托运了行李，他伸出手，握了我的掌心，他的表情告诉我，我们都在苦苦忍受着离别，忍受着此生仅仅一面之缘的现实。我甚至面目狰狞着，咬牙切齿着，深怕一句简单的告别，便会令彼此的留恋擦枪走火。

我站在长长的队伍的末端，前面是一位蒙着头巾的妇女。她冲我微笑，我也回馈之微笑，然后刻意却又心不在焉地低头看手机，页面滑开，关上，滑开，再关上。反反复复无数次，我都不知道自己究竟是要做些什么。

我不过是在掩饰自己的怯懦啊！甚至连回一回头的勇气都没有。可我却也清楚地知道，Luka 的身影，始终坚定地站在我的余光中。

队伍缓缓移动，我过了安检，过了身份验证。甚至找到了登机口。

我站在巨大的落地窗前，看着飞机磅礴的翅影，忽而被某种情绪所击中。

兴许这是此生的最后一面，为什么不能好好看着他的眼睛？为什么不能与他认认真真地说再见？为什么不能给他一个完整的拥抱？

我迅速看了一眼手表，鬼使神差地向着出口的方向跑了起来。我想再次看见 Luka，却又怕他已经消失在人海。

我跑啊跑，跑乱了刘海，跑乱了步伐，一面横冲直撞，一面跟拥挤的逆向人群说着抱歉。

远远儿地，我看到了他的背影。我不顾一切地，大声喊着他的名字："Luka——Luka——"与此同时，一遍遍在心里默念着，"等等我，请你等等我！"

他似乎听见了我的呼喊，突然间转过了身，下一秒，目光唰的一下就亮了起来。

我飞奔着来到他的面前，还没站稳，便一把被他抱住。我没忍住，仰起头吻了他。

擦肩而过的瞬间，我知道，我们都流泪了。

就这样，伴随着深重的留恋，我回到了布拉格，与此同时我也明白，我即将面临的，是与 Leon 之间的曲终人散。

爱情电影剧本有一个套路模版，其中最重要的环节，就是 B 故事。好像只有经山历水，千难万险，闯过 B 故事，主人公们才能爱得圆满。

然而我的 B 故事，却奇迹般令 A 故事翻船。

可是谁说好故事就一定要有皆大欢喜的 Happy Ending 呢？也许遗憾收

场的确残忍，但遗憾也是一种美，至少曾经，我们是那么真诚地走进过彼此的世界。

在过去一千多个日与夜里，每天醒来相同的情绪循环往复，彼此已经不打电话不发短信冷漠很久。可 Leon 依旧作若无其事状，没有任何解释，甚至清冷到连一句抱怨都没有。

目前的处境，早已陷入进退维谷。我兴许是被刺伤了自尊，不甘心这场挫败。他对我没有了最初的炽烈，我对自己没有了任何信任。我们之间没有感情可言，只剩下对抗和胜负。

歇斯底里的绝望有过，摇尾乞怜的挽留有过，握手言和的妥协也有过。可是这一切的一切，都随着一段美妙的摩洛哥之行结束。

我知道，虽然我退回了原地，可我的心早已走得了无踪迹。

因此，我们作别。

那是在一个风和日丽的周末，天气晴朗到令人舍不得挥手说"再见"。我跟 Leon 一如既往地，在民族大道转弯处的墨西哥餐厅吃了午饭，期间不约而同地沉默，徒留餐具之间相互碰撞摩擦的声响。

而在之前的一夜，我们讲和。五年过去，彼此都已经长成大人，不再做过多的纠缠，也没有无谓的挣扎。

Leon 买了单，率先起身离开。他的冷静令我吃惊，甚至在转身而去的前一秒，他还绕过桌子，轻抚了我的肩，说着来日方长，后会有期。

我像是一面坍塌的墙围，坐在桌边，觉得自己就是一摊糊了的烂泥。本来想预付给未来一个元气满满的笑，哪知眼泪不争气，稀里哗啦落了一地。

没出一周，我搬出了那间公寓，却将那辆崭新的山地车留给了Leon，还有一整套 Lonely Planet。我换了新的工作，在城市的另一边。

Leon 也问过我的去留，我回答说，也许会在这里继续生活下去，也许，我会回归我的祖国。他点点头，没再做任何多余的挽留……

我此生最后一次见到Leon，是在一个澳洲朋友的生日聚会上。江湖规矩，她邀请大家去酒吧喝第一杯，我则提着自己亲手制作的薄荷慕斯，欣然前往。

令我没想到的是，当天晚上 Leon 也出现在了现场。所幸重重人影将我们隔开，我欠身躲在人潮深处，不敢放眼看向他，可不知怎么了，余光里全是他。

过了一会儿，一个亚洲女孩带着 Leon 走了过来，离我越来越近，越来越近，我耳边的声音随他逐渐靠近的步伐消失，徒留自己的心跳作祟。

在某个突如其来的短暂瞬间，我们尘封已久的目光不约而同般亮了起来。

我做了狠狠的深呼吸，提起身子，正要摇手说"好久不见"，那个眉目清亮的女孩率先开口，她大方地介绍说："嗨！我是Kim，这位是我的男朋友。"

不是 Tina 吗？难道不是 Tina？我的心一遍又一遍地重复着这句话。可事已至此，新伴侣是谁又有什么重要呢？

没有攻击，没有嫉妒，唯有满心祝福送上。

伴装终究为伴装。没一会儿，我被内心深处某种恶意满满的情绪所击溃，要了杯马提尼仰头干尽，接着，毅然决然提脚离开。

我拐去麦当劳，坐在饥饿的人群里，要了超大份的薯条跟汉堡。我用力而快速地咀嚼，试图将所有的不快塞入体内，然后随血液迅速消化分解掉。

记得在摩洛哥仓库过渡的那一晚，Luka跟我讲过，每座城市都应该拥有一家24小时昼夜营业的快餐店，收留失眠、彷徨、辗转反侧、伤心欲绝……

直到我的缘分结束了，我都不知道自己到底有没有爱过你，都不知道那感觉是冲动、留恋、锲而不舍还是那种被人们称作"爱情"的东西。只知道那时为你流过的眼泪是真的，心酸是真的，想和你走到天涯尽头海枯石烂也是真的。

有时候，人生像旅途。一半是浮夸，一半是清冷。浮夸献给好山好景的白昼，清冷留给孤枕难眠的深夜。时光在走，脚步无可停留。我们拿过往置换浮夸的一生，在必经的路途里，每一寸风景都不可或缺。

一步之遥，终成遗憾。

可是Leon，你知道么？

爱对我而言，至少是翻山越岭去拥抱，是四目相对时的热泪盈眶，是炎炎夏日就想着冬天织双暗红色圣诞袜并装满糖果，从烟囱翻进你家偷偷挂在你的枕边可好。

人为什么总要在错过后才懂得遗憾？就如同在贝壳里寻找消失殆尽的沙，在胡杨里寻找不复存在的海。

原来，我比想象中更无情无义，因此就在此刻，我的梦，再也与你无关……

///

钟小姐奋斗记

人们终其一生，披荆斩棘，

不过是为了给脆弱的软肋，寻得一副相得益彰的铠甲。

钟小姐能够单枪匹马闯到今天这个地步，绝非偶然，也并非命中注定，更不是与生俱来。

　　钟小姐是个小说家，可她从来就不染指励志题材。然而在众人的眼中，她的青春根本就是一套大写加粗的奋斗史。

　　钟小姐住在市中心地段最为繁华的公寓里，开太妃糖色的定制款MINI，涂我们听都没听过的高端沙龙香氛。心情好的时候，奢侈品街走一圈，买回两只爱马仕抱枕或者一整套餐具。

　　钟小姐的老公也是尤物一枚，正逢而立之年却已然成为商圈的一只"幼鳄"。俩人随意往那儿挽手一站，便自成一片熠熠生辉的人间好风景。

　　若只看"自我奋斗"，钟小姐的成就便足以令众人自惭形秽。可事实还远不止这些，她不仅生活富足，婚姻幸福，而且连老公都是高标高配版。

　　如果说个人财富积累与缓慢的岁月递增成正比，那么很显然，钟小姐一定是违背了这个人类学自然定律。

她从一个手无寸铁的普通留学生白手起家，用腥咸的汗水、眼泪，以及屡屡被浑浊眼线冲刷过的脸庞，一笔一画勾勒出了今日目之所及的一切。

这一年，钟小姐 28 岁，经历丰盛，人生繁华。

钟小姐开启留学之旅那年，十七岁零九个月。高中刚刚毕业，她还没看清成人世界的轮廓便被父母送出国门。

也就在那一年，她遇到生命中第一个重要的男孩。他姓张，钟小姐很拉风地称他作"张 boy"。

张 boy 是和钟小姐同一批出国的小伙伴，历时一年半的语言学习之后，钟小姐选择了斯拉夫文学，张 boy 则兴致勃勃地选择了欧洲古典音乐，主修乐团指挥，辅修钢琴演奏。

张 boy 就读的音乐学院离钟小姐的学校仅仅一站地铁之隔，因此每逢提前下课，她就拿着一听可乐和一只自己做的热狗去看望他。

每当张 boy 手持指挥棒背对着钟小姐随音乐翩翩挥舞的时候，那支眉飞色舞的小木棒，渐渐幻化成她眼中一支细细的小皮鞭。

只有钟小姐自己清楚，她是有多么热切地期待它轻轻抽在自己的身上。

张 boy 家境优渥，从小过着衣来伸手饭来张口的生活。于此，钟小姐自觉研发出各种"钟氏料理"，主动兼任起张 boy 私人大厨的角色。

出国第二年，寂寞作祟，钟小姐从宠物中心领养回一只俄罗斯短毛猫，给它取名"索伊"。

冬天里的第二个月，她屡屡蹑手蹑脚地将索伊放到张 boy 家门口，然后等着他傍晚前来敲门。听到门铃响起的声音，钟小姐便会无比热情无比激昂地将张 boy 请进屋，一边感谢他送回自己走失的猫咪，一边装出不经意的样子，请他吃自己早已精心准备好的"便饭"。

张 boy 屡屡中招，一只猫咪，一顿晚餐，一个月吃下来，吃出了习惯。就这样，他顺理成章地和钟小姐处到了一起。

张 boy 虽说课业繁忙，可为了课余放松接触社会，他在一家高档餐厅的爵士乐队做起了兼职钢伴。

钟小姐常常去餐厅陪他，可她终归不过是个一穷二白的大学生，面对满目价格高昂的餐点，只好靠一杯接一杯的咖啡熬过大半个夜晚。

怕影响他演奏，她便独身一人坐在墙角最不显眼的沙发里，幻想着再晚一些的时候，大厅会变成金碧辉煌的宫殿，而张 boy 变成气度不凡的王子哥。

三月中的一个星期四，张 boy 很晚才回到宿舍。钟小姐端着汤锅在门口等得脚都酸了，他出现在楼梯拐角的时候，她瞬间满血复活，一个箭步冲到了他面前。

张 boy 掏出钥匙开门，钟小姐将砂锅放在灶台上，柔声问道："这么晚，是出了什么事儿了吗？"他笑着解释说乐队临时加场。

话说一半他去冰箱拿蛋糕，刚下外套，钟小姐便发现他的腕上多了一块手表。她问他那表是从哪儿来的，张 boy 头都没抬便回答说，乐队表彰最优秀演奏者，自己被评第一，餐厅老板发的。

钟小姐半信半疑："格拉菲慕入门款作奖品，这老板也太大方了！好好干哦，看来他能保证你光芒万丈前途无量！"

张 boy 不做过多解释，抬起头，笑盈盈地将一大块提拉米苏往钟小姐嘴边送。钟小姐张开嘴，"啊呜"一大口，来不及细细品尝，眼前的世界瞬间膨胀成了一只甜到忧伤的棉花糖。

正所谓"金风玉露一相逢，便胜却人间无数"。如此宜室宜家的状态很快便浸入到生活的细枝末节。张 boy 的体贴入微致使钟小姐萌生幻觉，她觉得就这样日复一日过下去，再往前一步兴许就是人们口中的地老天荒了。

一直到四个月后的一天，钟小姐提早放学去餐厅找张 boy。不料却在楼道里遭遇"对影成三人"的尴尬局面。

彼时，他靠在墙角喝一杯土耳其咖啡，身旁侧倚一个看上去品味良好的红发女孩。那女孩儿踮着脚尖，将嘴唇堵在他的耳边。她看上去像是在撒娇，而他非但不拒绝，反而满眼宠溺地揉了揉她毛茸茸的脑袋。

钟小姐没忍住，冲上前去想要问个明白。可当张 boy 下意识将一只手臂挡在红发女孩身前的时候，钟小姐从头到脚的血液凝固了。她话到嘴边却一个字儿都吐不出来，只好用力倾了倾身子，咬牙切齿地将他手中的咖啡一巴掌拍掉。

张 boy 一惊，向后跳了一大步，咖啡随之洒在地板上，瞬间化作了一块狰狞的伤疤。

在足以令人窒息的静默之中，钟小姐悻悻倒退回楼梯下方，落荒而逃的同时小声骂了几句脏话，转身而去的瞬间便红了眼眶。

失恋后的钟小姐久久伫立于崩溃的边缘。回头细数过去，狼藉一片；举头眺望未来，莫测难辨。她干脆眼睛一闭，朝深渊里纵身一跃。

因此，在挺长的一段时间里，钟小姐身陷维谷之境，和张 boy 之间的往事如同电影般在脑中一帧一帧循环播放。

傍晚时分，她画得跟鬼一样蹿出门，坐电车经过大半个城市，晃到河边酒吧，混在一群面目陌生的外国年轻人中间蹦迪蹦到嗨翻天。凌晨四点钟回家，踢掉高跟鞋，来不及卸妆便在客厅沙发上倒头就睡，早上八点在闹钟刺耳的尖叫声中醒来，随意梳洗，然后拖着两颗沉甸甸的黑眼圈搭地铁去上课。

作息颠倒，生物钟混乱。钟小姐几近疯狂地消耗着自己，用之前的全部积蓄支撑着眼前的颓废人生。

前三个月总算熬过去，好在胸中的气焰稍稍平息了一些，她的内心感慨良多，整个人却瘦成了一只干瘪的气球。

每逢夜深人静，往事倒灌，如同芒刺扎心。为了缓解隐痛，她凭借着一点点天赋、一点点憧憬、一点点热爱，以及一点点执着开始写作。

她将自己与张 boy 之间发生的故事写成小说，换了角色，换了背景，换了主人公。她将它连载到了网络上，完成"尾声部分"的那一天，她突然发现自己的伤口竟然奇迹般自动愈合了。

而与此同时，那部连载被一个出版商相中，谈好价格，做成了纸质书。

就这样，在上市后的第三个月，钟小姐赚到了人生中的第一桶金。她买了心仪已久的那件昂贵衬衫，剪了利落的短发，改头换面了一番，努力使自己向着"女作家"的形象靠拢。

遇见吕小开是在一次旅行途中。当时，钟小姐刚完成人生中的第二部小说，正逢空档期，决定到车程五小时之外的威尼斯散散心，而吕小开就是在这个节点出现的。

那是个一如往常的星期六，他们乘同一班水上巴士去附近一座名叫"Brano"的小岛观光，吕小开站在船头喝一杯伯爵茶，兴许是因为一个撩人的眼神，或者是一个心照不宣的举动，他们就此聊了起来。

据小开所说，下个月他就要被公司调动到中欧分部，而那家分公司正好就位于钟小姐所居住的城市。于是他们留下彼此的联系方式，钟小姐兴致勃勃地跟他约定，等到那天一定要为他接风洗尘。

遇见小开之后，钟小姐便把眼前拥有的一切毫无保留地投掷到了他的身上——时间、精力、金钱，包括自己。她尽其所能地表达着对他的喜爱，大事尽心，小事尽力，为他准备一日三餐，趁着打折季买给他名牌香水和衬衫。

最初几次，小开满怀感激地收下，甚至以一串细密的亲吻作为报答。

直到有一天，当她爱意满满将一件奥特莱斯淘来的阿玛尼大衣递给他的时候，他看着衣领处细碎的线头，满脸狐疑地问道："我给你的钱足够零花，为什么次次要买打折的商品呢？"

钟小姐回答得倒是满声骄傲，她说："你平时给我的那些钱我都已经存进卡里了，再说，用你的钱买礼物给你，这像什么话？"

吕小开涨红了脸，沉默了一下，说："可是我从来就不用过季的香水，也从来不穿大牌残次品啊！"

钟小姐反唇相讥："落魄的贵族也是贵族，打折的名牌也是名牌！你看路边那辆老款奔驰，虽然它是九十年代的款型，可它不是大众不是奇瑞，它也还是奔驰！"

小开争不过，悻悻然，只好披着大衣就此作罢。

吕小开很忙，可钟小姐却总执着于为他做一些看似甜蜜实则无用的小事。他觉得这很"累赘"，可她却管这叫作"生活情趣"。

好几次，她送便当到他公司楼下，拨他的手机，被他一次次挂断。她按捺不住，转而往办公室座机上打。

助理将电话接起来，说吕先生在开会啊！她不妥协，就一直打一直打，打了被挂，挂了再打。

后来的后来，吕小开不得不中断紧急会议跑到楼下，只为取一对儿可笑的熊猫饭盒。他本来是想冲她发脾气来着，可当他看到钟小姐那张写尽了期待与甜蜜的脸，不由心底一陷，与此同时不得不用一脸微笑将满心怒火浇灭掉。

可次数多了，小开一忍再忍终于忍不下来了。

又一次，钟小姐像往常一样来送午饭，因为临时约了客户，小开告诉她多等个二十分钟。那时正值十二月，落地窗外，寒风刺骨。

为了表达歉意，吕小开专程让助理下楼买了两杯热可可。

助理一脸狐疑地问："吕先生不是巧克力过敏吗？"

小开莞尔一笑："给女朋友买的。"

待一切处理妥当，吕小开端着保温杯下楼。不料刚一见面，钟小姐便冲着他一顿泪眼婆娑。他说你别哭呀，我这不是来了吗？

她冲他大喊："这么久，饭都凉了！"

"没关系啊，又不是不能吃，凉了我拿上去热热，茶水间有烤箱也有微波炉！"

钟小姐不领情，反唇相讥道："这不是饭凉饭热的问题，这是你明明就不在乎我的问题！"

"可是我说了我在忙啊！"

钟小姐将环保袋往脚边用力一甩："忙忙忙！男人都用忙做逃避现状的借口啊！你能换个理由搪塞我吗？这个梗，光电视剧里都已经用烂了！"

钟小姐大喊着"分手"，小开招架不住。终于，他们在公司对面的人工河边吵了起来。

吕小开用尽前半生积攒下的全部修养压制着心中的火气。他克制情绪，尽量使自己的语气听上去温柔而理智。

他说："我每天有很多事儿做，无数突发事件需要应对，数不清的会议要开，忙得天旋地转，我有时候一整天都喝不上一杯水，更多时候都来不及吃早餐。所以我真的没有时间听你发脾气，更没时间陪你端着熊猫饭盒过家家！"

钟小姐一听，满脸委屈。她说："过家家？我也很忙啊！我也有很多事情要做啊！你凭什么不在乎我的感受！"

小开一听，气不打一处来，他说："所以，你忙你的我忙我的，难道这样不好吗？"

钟小姐的委屈随即转化为满腔怒火，她说："我为你做了这么多事，你为什么从来就视而不见呢？"

小开无可奈何地背过身去："那请问，你为什么要为我做这些事？"

"因为我爱你啊！关心你啊！哪知你这么不识好人心！"钟小姐紧追几步。

"可很显然，你这样并不是关心，你明明就是为了满足自己付出的快感。"

"每次你稍稍做一点事，就要求我必须风雨无阻立马前来接受，稍微晚点儿回馈你就立马说分手。你是在我屁颠屁颠抛开整个世界冲到你眼前，跪在你脚边感恩戴德地接过这些东西的时候，才会得到内心的安全和满足！"

"……"

吕小开没好气地指着脚边的环保袋，继续说道："饭，食堂就有，我自己会去吃！衣服，公司楼下就是这城市最繁华的商业街，我根本不需要为了季度打折千里迢迢专程跑一趟十里八村外的奥特莱斯！你的电话，我不是非接不可，因为你从来都没有什么正经的事情。你知道么，我有太多比感情更重要的事情去处理，所以没办法每天当你传唤的时候放下一切奔向你！"

"你怎么可以……"钟小姐急于辩驳，却又觉得无可辩驳。

"你年轻，有活力，你有自己的朋友、梦想和追求，不会让我觉得疲惫。我原本以为和你在一起能够松一口气，甚至受到你的生机勃勃的感染。可是呢，现在我反倒觉得压力山大，原本就不够用的时间更紧凑，我觉得喘不过气。"

她瞪着眼睛不说话，他转手将那只保温杯扔进垃圾箱。良久，他转过身来——

"你大事讲分手小事讲分手，这并不说明你多在乎我，只能说明你根本就没成熟！既然你这么不珍惜，我同意。那就分手好了。"

说完，吕小开头也不回朝马路对面走去，还没等钟小姐反应，他的身影已然被淹没在了川流不息的车流里。

钟小姐站在人潮对岸，用力抿着嘴角努力没有让眼泪掉下来。

当她坐进地铁，当她真真正正冷静下来，她反观之前的一切，没错，也不知道从哪天开始，"分手"变成了她释放不满的借口，成了她求而不得的挡箭牌。她总以此作要挟，以为吕小开能够就此妥协。没错，这手段在此之前的确是屡屡奏效。也兴许是这手段太好用，钟小姐从中尝到了甜头，于是她便日益放肆起来。

小开反目反得义无反顾，提出分手后就开始了长达三个多月的冷战。也可能是他真的受够了，物极必反才是这件事儿的终极答案。

他每天按时按点回家，死死遵守着自己的一套生活法则。他将钟小姐视为空气，她买的东西他不拆，她做的饭菜他经常不碰。

钟小姐也为此歇斯底里过，每每于此，他便会面不改色走去阳台，将自己反锁在外面抽烟。实在忍无可忍的时候，他拽过公文包转身出门，然后彻夜不归。

钟小姐无处表达，执意将一切情绪发泄在书中。他的一颦一笑，他的一抬头一皱眉，他与她的嗤之以鼻以及四目相对，他们故事的开始与结尾……她统统描写得形象生动且细致入微。

可就在整个故事画上句点的时刻，吕小开一字一顿地再次讲出了分手。

那场景，是史无前例的别开生面，足以令钟小姐终身难忘。

那天，当他们面对面吃完一顿无聊透顶的晚餐，他并没有像往常那样移驾到书房加班，而是坐在餐桌前，若有所思地玩弄着一只玻璃水杯。

等到钟小姐洗完锅铲从厨房走出来，小开目光一沉要求她坐下。他的眼神扫过置于桌面的笔记本电脑，没头没尾地说了句："故事很好，但是对不起，我并不喜欢。"

钟小姐眼神一怔，险些将手边的水杯撞翻。

小开装作视而不见，继续说道："当你决定讲出和我有关的故事的时候，当你决定将我的形象一笔一画勾勒下来的时候，你有问过我的意见吗？你有真正尊重过我的想法考虑过我的感受吗？从买打折的衣服和香水开始，你就拿出一套勤俭节约的措辞，将你的价值观强加在我的头上，这是道德绑架你不明白吗？你绑架我的道德，绑架我的时间，绑架我的精神，现在用文字绑架我的生活。对不起，这不是我想要的爱情，也不是我预期之中的相处模式。我不想再这样下去。"

……

也是在很多年以后回头望，钟小姐才恍然大悟。原来当初与吕小开之间的人仰马翻根本就与"爱"的命题无关，更与"分手"无关，那是更为庞大而深刻的冲撞——价值观。

而价值观的冲撞，是根深蒂固的。

经过一些事一些人，经过两段破碎的恋情，钟小姐终于明白，与其执意驻足于无休止的青春之上，不如去勇敢直面短暂的人生。

兴许命运的天平总得被幸运与不幸填满，也兴许是情场失意注定了职场得意。

钟小姐前脚被甩，后脚就受到出版公司的青睐。责编说，故事很精彩，读者反响很强烈。加印到第四版那天，影视版权被高价售出，从天而降两百万，钟小姐一夜之间成了有钱人。

她突然觉得，用自己的情感、挫折、经历换名换利，好像也没什么不值得的。

只是，既然风险与机会并存，那就要在争取人生更多尝试的同时，怀抱随时随地全身而退的打算。前者是要你全力追逐，后者是让你在功亏一篑时有所防备。

她受到越来越多人的青睐，越来越多人的信任。从读者那些接踵而来的年轻观点之中，她弄清楚了一件事——

这时代的一大特征，就是少男少女们对年纪轻轻便站在食物链顶端的人物的极度崇拜。而对于那些凭借一己之力一步步爬上人生巅峰的人简直就是五体投地顶礼膜拜。

于是，钟小姐咬牙切齿地对自己说："就算千难万险，我也要变成这样的人！"

梁生是钟小姐的合伙人之一，这事儿要从那两百万讲起。

这世界从来就是"有钱有闲有人缘"。打从小有名气的那天开始，钟小姐的交际面便开始以去粕取精之势缓步上升。她的朋友圈从留学生、酒肉好友、餐馆老板，摇身一变，变成了作家、导演、资深出版人。

钟小姐拿出三分之一的资金在朋友的引领与说服之下投资了餐饮业。钱没了可以再挣，机会没了可就真的没了。

梁生就是在那时候出现的，作为最大的一方投资人，他出现在了新年酒会上。

梁生是个相当好看的男人，所谓好看，不光是长相英俊。他体面的穿着、得体的举止，无一不透露着他不凡的背景与良好的教养。

当钟小姐穿着鱼尾裙和高跟鞋，面色拘束地出现在众人面前的时候，梁生觉得这女孩的天真和佯装出的一本正经搭配在一起，简直格格不入却又可爱至极。

和她相遇，敲开了他的心扉。梁生觉得，兴许这原本就是件命中注定的事儿，钟小姐的出现，就是为了给他混沌多年的灵魂接风洗尘。

但是在过去的五个星期，她却一直在逃避。他只好装作不明白她的暗示，像个懵懂的失败者一般跑去恳求她的明示。

他约她在修道院私酿的酒窖见面，在略显单调的烛光中与她举杯相邀。

整个用餐过程中，她都在躲避着他的眼神，在明灭的目光中努力隐藏着自己的忧心与恐惧。

她口口声声说着自己一个人过得很好，独立而自由，无拘无束，万事都能按照自己的心意，从来不需要去考虑别人的感受。

她说兴许因为自己是一个太过独立的女人，独立到不再需要花时间去思考什么是分享或陪伴。

可兴许连她自己都没意识到，每一个刀枪不入百毒不侵的独立女性心里，都住着一个多愁善感不堪一击的脆弱少女。

当梁生端着酒杯敞开心扉，发自肺腑阐述出自己意图的时候，钟小姐温柔而理智地解释说："你知道吗，其实我永远都不希望和你长时间四目相对同处一室。"

梁生将杯子从唇边移开，抛出一个三分失望七分疑惑的眼神。

钟小姐抿了抿嘴唇，继续说："当夜深人静，我脱掉盔甲，你会顺着我的骨骼摸到我的软肋，这是我不希望的。因为倘若真的到了那一刻，你对我的想象会幻灭，而这段感情最初的人设会随着我越来越真实的形象彻底崩塌。我一直觉得，越是喜欢就越是应该远观！"

梁生听罢，转过脸来，长长呼出一口，像是释怀。他将双手搭在她的双肩上，说："我可不这么认为。我想我们应该共同创造彼此之间的想象，然后让它们变得真实可靠。我对此充满了信心，你呢？"

他的口吻笃定，眼神认真。

不知从哪天开始，他们开始约会。像是 80 年代的爱情，缓慢而踏实。他不强迫，她保持着自己的节奏。他每周为她订制两次铃兰和玫瑰，她抽出周六的午后定时定点陪他去打网球，然后喝杯咖啡。

而更多的时候，两人各行其是。

安稳于世一定不是钟小姐 40 岁前的人生观。

她想要的是穿着体面、内心丰盛、妆容精致、品味良好，目光独到、热爱世界。她要的是斩妖除魔、戎马青春，要将全世界的美景良辰一揽入怀！

她说她不要在这残酷现实的影子里瞻前顾后唯唯诺诺，她要站在聚光灯前面，用行动告诉世界自己的努力配得上最热烈的掌声；她不要意犹未尽满怀遗憾的省略式，她要骄傲，要奔跑，要屡战屡败，屡败屡战，她要用循环往复的跌倒与爬起，为生命画满金光闪闪的感叹号！

在相识的第七个月，他们去听李云迪的欧洲巡回演奏会。演出结束后，梁生送钟小姐回家。那天他喝了点儿酒，将车子随意撂在了剧院门口。

他们在公寓楼下的树影深处吻别，缠绵之余，钟小姐将梁生一把推开，来不及整理情绪便拖着稍显凌乱的步伐只身一人爬上楼。

她往浴缸里注水，接着站在洛可可风格的椭圆形壁镜前面仔细卸妆。她看着镜中的窈窕身影默默问道："你到底是怎么走到今天这一步的？"

镜子里的影子微微抿嘴不回答，那笑容坚定无比，背景却是少女的单纯脸庞。

钟小姐伸出左脚试水温，接着缓身坐进浴缸。水雾升腾，香薰蜡烛的黑醋栗味随水波荡漾开。

是善良吗？还是憧憬？或者是对未来的期许呢？

这些充满能量的措辞固然美好，可对于人生的拓荒没有任何作用。为什么？为什么？她一遍又一遍地扪心自问着。

直到微烫的热水浸透肌肤，她霎时之间茅塞顿开，原来能够支撑自己走到今天的，并非那些美好的东西，而是那些不良的情绪，那些在人性阴影中蠢蠢欲动的黑暗本质——

是自卑、无助、嫉妒、欲望、欲求不得，是曾经受到的蔑视、打击，那些足以将人击败的羞愧，以及毫无悔意的指责与背叛，是深不见底的颓丧。

没错，正是这些人性中丑陋的东西，支撑自己走到今天，支撑自己在一次又一次跌倒、爬起的重复性动作中继续前行。

她觉得很累，那种浸入骨髓的疲惫。

就要闭上眼睛，手边的电话响了起来。她拿起手机接听，那头传来梁生的声音。他沉沉地说着："我在你家门口，我有话要说，我会一直等到你来开门。"

钟小姐开门的瞬间，发现梁生的全身上下都已经湿透了。转身看窗外，才发现不知何时下起了瓢泼大雨。

她将浴巾递给他，又转身去厨房泡茶，不料却被他拦腰抱住……

刹那之间，全世界的声音戛然而止，唯有彼此的呼吸，在这广袤的宇宙之间，此伏彼起，交相辉映……

梁生趁着落地灯昏黄的暖光，抬手捧起她的脸。

他说："别人眼中的你乐观豁达，所向披靡。可只有我能想象到，你的乐观之下，藏匿着多少次失望、多少次心碎、多少次求之不得、多少次大醉酩酊。"

一席话罢，钟小姐热泪了。她眼睁睁地看着心墙坍塌，听见冰山渐融沉入海底的声音。

她深深地知道，自己如此强调独立，并非真的刀枪不入所向披靡，只不过是害怕失去。可回过头来想一想，人们终其一生，披荆斩棘，不就是为了给脆弱的软肋寻得一副相得益彰的铠甲吗？

半年之后，朋友圈传来钟小姐结婚的消息。

终于，她从十年前那个刚刚踏出国门的不谙世事的小女孩长成了一个人生目标明确的大人。

当他将那枚金色指环套上她指尖的时刻，所有的人都在举杯尖叫，落地窗外千阳灿烂，仿佛整个世界都在为此忘情欢呼。

时至今日的钟小姐，锦衣有、琼羞有、良人有、宿襟有，俨然一位光芒四射的人生大赢家……

兴许这世界能够被拿来虚张声势的东西太多，以至于你觉得自己的奋斗看上去是那样卑微、盲目、杯水车薪。

埋头追求的时候，你感怀于自己微乎其微；追梦时屡屡受挫，你忧心于自己求而不得；偶发的功亏一篑，你失落于自己泯然众人。

可直到某天回头看，你会发现从前的那些微不足道、尺寸之功循环往复，竟成就了一个大写的"金光闪闪"。

因此，祝福那些心怀猛虎面若蔷薇的年轻人，希望你们身披绫罗绸缎，胸怀空谷幽兰；愿你们拥有华丽的外表，也拥有丰富的内心。

愿你们拥有一场充斥着万种风情与野心勃勃的青春。

爱你就是与你为邻

我们都曾有过不羁的那几年，
觉得横眉冷对很酷，昼伏夜出很酷，心猿意马很酷。
直到某一天突然发现，早睡早起很酷，满面春风很酷，
一生只被一人爱，很酷。

当 Mr. 罗衔着丝坏坏的笑，将家门钥匙放入阿夏手心的时候，阿夏的目光怔住了。她张张嘴，来不及开口问为什么，Mr. 罗突然低头吻了她，接着他反手将风衣披上肩，二话不说，转身带上了房门。

Mr. 罗是阿夏的邻居，这是他们相识的第四年。从毕业回国，开始第一份工作的那天起，阿夏就搬来了这里，短短几年间，楼上楼下邻居换了一拨又一拨，唯有阿夏没搬，男友却换了一个又一个。

阿夏的人际关系很是清浅，除了工作就是伴侣，其他的什么都没有。她仿佛从来不需要过多的情感寄托，因此也没什么狐朋狗友。她大步行走、自娱自乐，却总能将自己的生活过得潇洒又丰盛。

要说最最熟悉阿夏生活状况的，恐怕并非历任男友，而是 Mr. 罗。他见惯了她的早出晚归，知道她周一周三按时到家，周四晚上练竞走跟瑜伽。他甚至知道阿夏的三号男友喜欢吃辣到爆炸的小龙虾；四号是位落魄的富三代；二号男友跟五号像，都喜欢用 Kenzo 的风之恋，都偏爱穿白色的浅口短袜。

　　阿夏到底换过几个男朋友，可能连她自己都记不清。周期短短长长，有的携手度过很多个辗转难眠的夜，有的甚至连架都还没来得及吵就已经分道扬镳了。

　　阿夏也曾有过"掏心掏肺"的那几年，彼时的她，脸上溢着笑，怀揣一颗红心闯天涯。那时候，她还相信人性本善，相信西门庆搭上潘金莲兴许是有苦衷的，相信就算再资深的浪子有天玩儿累了也会上岸回家。

　　然而哪个好姑娘没遇到过几个人渣？几番摔打几番领悟，阿夏受了伤流了泪，终于明白人生囹圄、世事难料，末了，变成了一只享乐至上的空壳。

　　普通人拥有的一切缺点，阿夏都有。包括一点点颓废、一点点懒惰、一点点心猿意马、一点点左右闪躲。面对人生，她有时候会迷茫，有时候会绝望，与人之间偶尔交流不畅……

　　而所有的这些缺陷，我们也都有。

　　这样的个体，反倒引人注目。她拥有真实的质感，而这份质感，是许多人纵情于世的全部因由。

　　在这个物欲先于情感的城市，很多人都希望自己看上去体面而富有。逼良为优，强行使自己看上去光鲜而美好。然而，阿夏就是这样一个胆敢吹着泡泡糖，带着一脸放肆微笑在人群中穿梭的姑娘。

　　毕业那年，阿夏认识了男友阿丁。阿丁是广东人，热衷于怀旧，喜欢吃甜品也喜欢张国荣。阿夏从爱尔兰留学回国，前脚下飞机，后脚便托朋友联系培训师，花了三万块钱学手艺，没出半年便前后张罗，跟朋友合资开了家私人烘焙馆。

　　她做杏仁海盐蛋糕，做红丝绒奶油卷，做抹茶小山圆慕斯，做奥利奥咸奶油盒子……她尽心竭力地做好每一道甜点，再给它们取上可口又动人的名字。

　　他的味蕾，他的喜恶，她统统了然于心。

　　然而好景不长，阿丁因为出国工作的缘故与阿夏提出分手，这段甜点式的恋情便也中途落幕。阿夏不吵不闹，痛定思痛，痛心疾首，兴许是冲动作祟，伤心之余，她毅然从甜品店退股。

　　那之后，她又陆陆续续找了好几份工作，也陆续谈了好几任男友，却也不知怎么了，统统无疾而终。

　　这使阿夏觉得，自己的人生像是高速公路上十车连撞的交通事故，恋情的破败与职场的失意循环交错，一桩接着一桩，忙到手足无措，连站在高架上抽根烟，感慨"有惊无险"的时间都没有。

　　反反复复的辗转奔波之后，阿夏最终在一家独立杂志社安定下来。

　　后来的这位男友，就是在此期间搭上的。他是一位独立插画师，阿夏称他为"Last 先生"。他们相识于一位作家的新书发布会。阿夏是图书责编，Last 先生是封面画师。

　　Last 先生的长相与画风相符——现实中的二次元风流少年。他常年 T 恤牛仔裤，喝清酒，抽口味清淡的 Kent。

兴许是职业所趋，Last 的周围时常围绕着一群面目模糊却也清新诱人的小女生，Lily、Allen，或者 Penny，她们热衷于各式各样的角色扮演，热衷于大大小小的午夜派对。他们往往在酒场上相识，酩酊过后便也互不联络了。

阿夏不喜欢 Last 先生虚无缥缈的人际关系，她将自己的不满暗示过许多次，说画画是个技术活儿，沉浸在自己的世界里做好手头的工作就好，没必要参与那么多有的没的。

可 Last 先生却反唇相讥说："个人技能的确重要，可这毕竟是个人情社会。你阿夏在国外待了那么久，职场法则自然不会懂。"

阿夏被这番话生生噎住，只好原地住口，作悻悻状。

先前几次聚会，Last 先生偕阿夏一同前往，阿夏总是乖乖坐在角落，喝一杯淡如水的百香果汁。她看着眼前与自己无关的一切，听着那些天马行空的对话，感觉自己像是飘在外太空。

直到有次从卫生间回包房，推门而入的瞬间，她亲眼看见 Last 与一位原宿风女孩勾肩搭背唱着 K，她倚着他的肩，他则很是暧昧地将话筒举至她嘴边。

阿夏就算心再大，这种场面她也很难接受。她想要上前打掉女孩勾在 Last 肩头的胳膊，可双腿像是被焊在了原地，迟迟无法上前。

终了，只是窃窃拿起手包，不声不响走出包间。她绕过电梯，冲进楼道，用力跺着脚，从十六层一口气跑到街口。钻进出租车的时候，这才允许自己落下当晚的第一颗眼泪。

对于 Last 先生的虚与委蛇，阿夏习惯采取"假装不知道"式的回避态度。"假装不知道"蒙蔽掉了所有的伤感，和那些本该因为心碎而掉下来的眼泪。

兴许是因为依赖，她屡屡原谅他的谎言，相信他所说的一切。他口口声声唱着天荒地老，阿夏跟在他的背后，自欺欺人地念着成人世界真是美妙！

而在 Mr. 罗的眼中，阿夏是那样敏感、纤细、孤独、胆小，这漫长的几年中，难得几次与他走在大雨滂沱的马路上时，她都要紧紧拽住他的衣袖。

看惯了阿夏的失恋，他甚至学会用一些稀松平常的言语送上安慰，比如"阿夏，肚子饿不饿？想吃什么？""阿夏，别担心，这世界上的好男人还有很多，心碎乃人间常事啊！"之类的。

Mr. 罗就是这样一个既柔情又铁汉的人。

因此就算阿夏犯再多的错，在他心里，不过是等同于小孩子顽皮，奔跑之中不小心打碎了桌角摇摇欲坠的酒杯罢了。

有天傍晚，阿夏出现在了 Mr. 罗家大门口。她目光灼灼，明显等待良久。

那是入秋后的一天，她却衣着单薄，怀里抱着一大盆水仙。

前一晚，Mr. 罗正好患了感冒，他一大早便向公司请了假，待在家里 home office。门铃疯狂响过，听那节奏与力度，他明明知道是她，却还是习惯性通过猫眼儿向外望，与此同时二话不说拉开房门。

下一秒，一阵冷风撞进了他的怀里。

彼时彼刻的阿夏，妆容清淡，手无寸铁，眼睛红红的，明显刚才哭过。

她依旧挂着那副清汤寡水的神情，哪怕是微微扬起嘴角，却也苦苦皱着眉，像是时刻藏着什么忧愁。

"怎么了？"他温柔地招呼她进来。她则抬抬脚，仰着头，将花盆往他怀里一推，搬出一副大义凛然的气势来。

不问还好，兴许是 Mr. 罗的语气过于温柔，阿夏瘪瘪嘴，像是下一秒就快要流眼泪。她打着赤脚，在窗台边站了一会儿，解释说自己跟 Last 先生吵架分手，他一气之下扔掉了她公寓的大门钥匙。

她没有哭出来，却始终黑着脸。Mr. 罗拉她到沙发上坐下，给她削苹果，与此同时说了一个笑话。可阿夏觉得一点都不好笑。他将一张纸巾撕来撕去，贴在脸上，假装拖把超人。好一会儿，她突然笑了起来，可大笑带来了剧烈的情绪失控。没出十秒，便又转为了痛哭失声。

屋内的空气骤然凝滞，Mr. 罗顿了顿，却没有问她为什么哭，只是递给她纸巾，然后默默吃起了剩下的那一半苹果。

后来的后来，阿夏始终在掉眼泪。一直到晚上九点，Last 先生给她打了通电话。她因为过分哽咽根本没办法接听，等到擦干鼻涕接起来的时候，他已经挂断了。

错过"旧爱遗言"无疑为人生一大遗憾，这使她哭得更凶。

阿夏躲进卫生间，将马桶盖翻下来。她跷着二郎腿，突然想起与 Last 先生最后住在一起的那段日子，确切来说，就在不久之前的昨天。

她总是常常熬到后半夜，放首 Autumn Leaves，处理没看完的稿件或者读一本心仪已久的小说。

两点多快三点的时候，Last 先生会睡眼稀松地从卧室里走出来。他从背后深深抱住她，堵在她耳边说几句动人的情话，然后转身去卫生间……

待阿夏走回到客厅，Mr. 罗已经守候良久。他扶起她耷拉在胸前的脑袋，轻声说着："我替你叫了开锁师傅，他刚才在上一家忙完，现在已经在赶来的路上了。"

阿夏心不在焉地点点头，接着双眼一眯，如释重负般一头栽进了沙发里。

开锁小伙离开之后，阿夏回到自己的公寓，反锁上门，好似执意将前尘后事拒之千里。她不开灯，顺着墙角，任凭身体滑向地面。剩下的时间仿佛已经没有了意义。她又回到了这间房子里，看似与之前无数个日夜无异，然而不同的是，这一次，她只身一人。

阿夏不明白，为什么快乐总是如白驹易逝，而痛苦的时光总是苦苦盘踞。

在此之前，阿夏与 Last 先生之间的争吵时有发生，并且次次闹得动静很大。

阿夏总是举着把菜刀站在厨房门口，龇牙咧嘴着，扮出一副作威作福状。她信口开河地威胁他说，如果有天 Last 背信弃义抛弃自己，她就要率先拿刀把他给料理了。

那时候，她和所有的年轻女孩一样，沉浸于一段不知深浅且用力过猛的情感关系中，善于利用自己的性别优势，也善于利用他对自己无条件的宠幸。

那时候，她认定了胡闹是宠溺，争吵是撒娇，大动干戈也不过是平淡生活的调味料；她觉得真心相爱的两个人是不可能被外力所分开的，就算遭遇盘古开天辟地，遭遇五雷轰顶。

　　然而，她的信心满满终究变成了残酷现实的牺牲品。万事皆有尽头，终于，Last 先生道尽了海誓山盟，就连曾经的信誓旦旦都变成了一副副饱含心猿意马的良药苦口。

　　到了真的分手那一天，Last 先生两股战战地撂下两句狠话拔腿就走，阿夏则怔怔站在楼道口的阶梯上发呆，呈手无缚鸡之力状，在他奋不顾身的背影之中，她咬牙切齿着，泪水横流着。

　　有的人就是这样，以润物细无声般的姿态闯入你的生命，稍作停留，便大张旗鼓地转身走开。没有道别，没有愧疚，没有抱歉，仿佛理所应当一般，甚至连一句堂而皇之的"江湖再见"都不屑说出口。

　　每次吵到歇斯底里、口不择言，吵到 Last 先生忍无可忍摔门而出，阿夏便会转身钻进 Mr. 罗的公寓。

　　她盘腿缩进沙发里，痛定思痛，对着 Mr. 罗的背影一遍遍发问，为什么自己遇事总是惊慌失措，而他却能够做到风轻云淡、镇定自若。

　　Mr. 罗笑着，深深望她一眼，接着熄灭指尖的烟，从阳台走回来。他着手削一只苹果，一边削一边回答说："二十岁的时候，你既骄傲又敏感脆弱，你总试图从世俗中挣脱，想要表现得与现实格格不入。可是直到三十过半，你突然间发觉，就这样平平淡淡地活着，随人群随波逐流，好像也没什么不好的。"

　　"因此有的时候，我自己也搞不太清楚，到底是时光令我理智，还是阻止了我的闯荡，加深了我的胆怯与懦弱。"

　　阿夏对着杯中的可乐吹了一连串水泡。她好像听不太懂，只管将脑袋抵在他的后背上，用力地，理直气壮地。

她抬眼望向夜空，兴许是雾霾太重，头顶什么也没有。

直到后半夜，剧烈的伤感姗姗来迟。阿夏若无其事地走进卫生间，故意打开莲蓬头，并且将塑料盆摔得"啪啪"响。可这般掩盖好像并未减轻内心的焦灼。瞬间，回忆与委屈以滔天之势袭来，她突然想要躲起来，躲去一个世界之外的星球。

她低头看了看瓷砖地板，心想，如果有一个地缝可以钻就好了……

Mr. 罗擅长安慰人，但偶尔也会失算。

前几次阿夏遭遇被甩，他主动伸出援手，救她于水深火热。他怕她哭得太凶肚子饿，便为她煮了海鲜意面，哪料却烧煳了锅；他横跨大半座城市载她去看电影，却遭遇半道儿堵车，好好的《全城热恋》只看了"全城"没看到"热恋"。

这一切的一切都使阿夏哭得更凶，可奇怪的是，这些插曲却屡屡有效地减轻了她的失落。

的确有那么一小段极度失意的时光，阿夏觉得自己已经厌倦了这座城市，因为除了闷热就是下雨，除了你好就是再见。这一切的一切，甚至令她动起了搬去别座城市的念头。

她唯一的不舍，唯一的牵挂，唯一的留恋应该就是邻居 Mr. 罗。

Mr. 罗总能给阿夏一种青草般的感觉，每每她结束一段糟糕的恋情，试图敲开他的房门找他讨安慰，Mr. 罗都会给她递纸巾，帮她盖上小熊毛毯。

有很多个瞬间，阿夏觉得自己转山转水又转回了原点，仿佛一切并未走远，仿佛时光并未流泻。

阿夏从来都说不清 Mr. 罗到底是个怎样的人。她全然看不清他的善与恶，理智与冲动，看不清他的愤怒与疲惫，他的骄傲与孤独。

可直觉告诉她，他是个好人，是个敢于敞开胸怀拥抱全世界的人。

每每她做着鬼脸试图对他表露出自己内心深处的小感慨、小猜测，Mr. 罗便会龇牙咧嘴，故意扮出一副穷凶极恶的样子来。

他凶巴巴地说道："我的确不是什么坏人，但也不是好人，千万不要因为一点点空穴来风的好感，对我产生误判。"

每每说到此，阿夏便缩回身子。她好像明白他的意思，这是警告，还是若即若离的拒绝？

有天下班，阿夏敲响了 Mr. 罗家的大门。Mr. 罗刚刚洗完澡，他连头发都没来得及吹干，三下五除二系好棉麻衬衣的纽扣。

他将目光对准猫眼儿向外望，一看是阿夏，干脆从茶几上顺手取过纸巾。

他"呼"的一下拉开门，只见阿夏咧着嘴，站在门外。她左手拿着手机，右手拎着只塑料袋，肩上还跨了一只环保袋。

还没等 Mr. 罗开口安慰，她的眉头突然舒展开了，接着笑嘻嘻地说道："今天心血来潮，我给你做蛋糕！"

Mr. 罗简直被阿夏出其不意的善举惊呆了！他呆呆地招呼她进来，从门后拿出那双粉色的毛茸茸拖鞋。

这是 Mr. 罗家唯一一双女式拖鞋，大象的形状，少女的颜色，鞋跟上还缀着一团小尾巴。因为阿夏串门次数太多，以至于后来，Mr. 罗干脆照她家里的拖鞋买了双一模一样的。

阿夏套上围裙，又督促 Mr. 罗帮她系上腰带。有那么一个瞬间，Mr. 罗突然心生一种奇妙的感触，就是那种只存在于一饭一蔬中的温柔感触。

阿夏给 Mr. 罗做了奥利奥咸奶油盒子，Mr. 罗一口气吃掉三份。她又做了些清甜可口的红丝绒蛋糕卷，放进冰箱冷藏，要他第二天带去公司当下午茶。

早一些的那几年，阿夏常常在想，二十岁，不就应该是淋漓尽致、歇斯底里的年龄吗？爱到极致，恨到极致，快乐到极致，心碎到极致，生活的面目理应是惊涛骇浪，是四处奔波，是刀枪不入，是四海拼杀。

直到遇到 Mr. 罗，阿夏突然明白，她所有的追逐，所有的漂泊，所有的厮杀，所有的抱负，不过是为了一个近在咫尺的拥抱。

当她看着 Mr. 罗大口吃掉蛋糕并意犹未尽地轻舔着嘴唇，一股久违的踏实涌上心头，兴许，这便是自己失落已久的"故乡"吧……

不久后，这座城市的雨季如约而至。

下班之后，阿夏拉 Mr. 罗赶公交。他们坐在车厢最后一排靠窗的位子上，任这座城市的浮光掠影自眼前一寸寸掠过。她将一只耳机递给他，那里面装满了阿夏留学生时代最喜欢的情歌。

坐在窗边的阿夏常常在想，如果时光倒流该有多好；如果人生中的第一个伴侣就是 Mr. 罗，该有多好；如果这一次，自己能够永远将他留在生命里，该有多好……

Mr. 罗去新疆出差的第三天，阿夏收到了他的来信，用圆珠笔亲手书写，有薰衣草的味道跟沙粒的痕迹。

她将牛皮纸封袋拆开，握着信纸，不禁轻读出声——

"阿夏，我觉得世界上最浪漫的事情，就是在沙漠深处的水房，写封遥远的信给你。"

"这世界很美，却也容易令人感到心碎。至少在明目张胆的危机之中，我希望保护你，至少能够陪你走过漫漫人生中的一小段路途……"

我们都曾有过不羁的那几年。再年轻一些的女孩子，她们觉得抽成烟嗓很酷，醉到酩酊很酷，横眉冷对很酷，呼朋唤友很酷，昼伏夜出很酷，心猿意马很酷。

可在未来的某一天，她们会不会跟我们一样，觉得早睡早起很酷，粗茶淡饭很酷，满面春风很酷，忠贞不渝很酷……

一生只被一人爱，很酷。

/ / /

岁暮将至

何必去管一片海有多澎湃，
只要你喜欢，就奔上前尽情拥抱！

我和他认识，是在清晨的第一班地铁里。

　　因为要赶上开往奥地利的火车，奈何六点不到，天光熹微，我坐在摇晃的车厢里愈发睡眼迷离。

　　下车的时候，不幸将手机遗落在了座位上，列车缓缓开动，原本坐在我隔壁的男人一面用力敲击车窗一面举着我的手机用力摇晃。

　　在呼啸而过的气流里，我用近乎飞起来的手势告诉他："我在这里等着，能不能麻烦你帮我送回来。"

　　我不知道他有没有听懂，也不知道他是否有这份好心，可除了原地等待，我别无选择。

　　等过两列疾驰而过的列车，他如约出现在我的身后。

　　我想给他钱作为回报，摸到钱包的时刻又觉得有些庸俗，转而掏出本子和笔写下自己的电话号码。

我们一同走出地铁站，我邀请他在附近的意大利小店喝杯 Espresso。他笑着没拒绝，只是结账的时候，执意付了自己的那份钱。

他叫简白。相识后的第一个周，我们开始联络。从很细微的事情作为开端——一个电话，一顿晚餐，一本书，一部电影。

我们也曾相邀参加过几个陌生人在脸书上发起的野嗨派对，玩儿过几次后便也觉得索然无味，干脆提前离席。

再之后，我们渐渐断了联系。我丢掉不了了之的未来，继续埋头在冗长无比的生活里。

再一次见到简白，是在一场庆祝朋友乔迁之喜的饭局上。那天吃日料，推门而入的瞬间，我定足于原地，而他，戏剧性地出现在长桌尽头。

我走过去，在他左手边的空位坐下，简白冲我点头微笑，我打着"哈哈"，说着"华人圈真小"之类的话。

他的话不多，吃得很少，也不常举杯邀酒。席间，大家玩儿真心话大冒险，我清酒、梅酒混着喝，氤氲的光影里，乘风般的快感从头烧到脚。

我笑得花枝乱颤，说起话来手舞足蹈。后来，简白猜拳输了，被上家命令向他左边的人说三个字。

所有的人都屏息凝神拭目以待，周边的空气密度变大，厚重的气体垂直倾倒，最终在我的身上停滞。兴许是气氛营造得太真太浓，就连我自己的呼吸都变得局促。我艰难地屏住呼吸，等待着。

众目睽睽之下，简白憋红了脸，憋了半天才对我说出三个字——"你挺逗。"

大家面面相觑，顿了两三秒，随之笑得前仰后合。

当我红着脸，试图揣测出他此话更待发掘的用意，只听在场的所有人开始起哄——"在一起。你们好登对！在一起。"

简白不作声，端起杯子，伸手扬了扬。他也不说话，沉默着撞了撞我的酒杯，冲我笑了笑，仰头，将杯中的酒一饮而尽。

从日料店出来，天空飘起鹅毛大雪。几个三十出头的大老爷们儿跟未成年的小孩子似的互相推搡，抓起雪球往对方脸上扬。妖妖喝得有些高，尖叫着将小九抱起来，接着两人一起尖叫，原地转着圈儿。没过半分钟，妖妖脚底一滑，一个趔趄，"咚"的一声，小九趴在满地冰碴儿上，还没来得及动弹，额头上就冒出一个顶大的包。

回去的路上，妖妖眼泪一直流，她一个劲儿地说着抱歉，反倒是小九，捂着脑袋安慰了她一路。

看时间还早，大家合计着去市郊 KTV，男人们唱着崔健，我和小九、妖妖脱了鞋，蹲在人造革沙发里举着双臂扮声浪。没过一会儿，简白在我旁边窝了下来，他的肚子有点儿大，我望向他的时候，他正冲我笑得尴尬。

简白是我见过的第一个温润如风的男人，他不声不响地存在于我们这群叽叽喳喳的俗人中央，看似格格不入，却又显得那样自然而然。

从 KTV 出来，已经凌晨一点了。大家伙儿有伴儿的抱团回家，没伴儿的勾肩搭背游荡去河边酒吧。我和简白倒是顺路，于是撇下所有人径自开了一条小路。

走到半道儿，两人都有点儿饿。简白指着面前的全球连锁西餐店，向双手哈了两口热气，说："没得挑，就那儿吧。"

就这样，他拖着我，我拖着自己无限干瘪的身体去了肯德基。当我们心满意足地干掉整整一大份全家桶和两份超大杯可乐的时候，整个世界瞬间都欢快起来了。

那之后，我们见面的次数越来越多，不是约会，但胜似约会。

有时候是老城广场上的业余品酒会，有时候是参观美食节开幕，一次是参加卡罗维发利的国际电影节，还有一次是 Tim Burton 来布拉格办手稿绘展。记得那一天，简白将我留在广场附近的一家法式甜品店吃蛋糕，自己去排了整整三个小时的长队，好不容易才排到了两张票。

三月末的一天，在妖妖的生日大派对上，后半场，大家都喝得有些高。小九抱膝窝在狭小的沙发里忙着和一个俄罗斯大帅哥谈情说爱，妖妖躲在卫生间里修补跳舞时甩丢了的半只假睫毛。

我端着酒杯提脚踏入阳台的时候，和简白撞了个正着。他靠在扶栏一边，火光明灭的半支烟夹于指尖。

他冲我笑笑，解释说里面太闷出来透气。我正处于意乱情迷的巅峰，二话不说上前小三步。

我踮起脚，将酒杯搁在宽阔的水泥台上，伸出手臂试图勾住简白的脖子，想要亲吻他高高在上的脸颊。不料刚触碰到他的鬓角，他将头轻轻撤到一边。他的胡楂扫过我的嘴唇，我轻轻抿，有微微的苦涩以及剃须水辛辣的气息。

这气味令我瞬间清醒。我受惊般向后退了一大步，险些撞到门框上方摇摇欲坠的贝壳风铃。

简白的脸上划过一丝窘迫。他略略垂了一下头，接着又伸手拉我进屋。他的动作很小，却刚刚好被我觉察到。

他拉我在靠窗的铁皮长椅上坐下，借着未尽的微醺，给我讲了一个云淡风轻的故事。可我知道，那是他自己的经历——

我和简白认识的时候，他已经拥有一间属于自己的中式简餐吧了。而在此之前，他在一家中餐馆做主厨。那时候，他和万千在陌生城市打拼的劳苦大众一样，过着油腻腻的生活。

可他算得上厨子中最有文化的，因为出国之前，他是国内一家大型图书公司的资深出版人。

简白出国，完全是因为他的前女友。可他不愿意称她为"前女友"。我也问过他为什么，他固执地说，因为自己没再陷入恋爱，她也还活得旺盛，为什么要用过去式？为什么她要被叫作"前女友"？

谁都听得出来，他这番说辞不过是在自欺欺人，不过是在逃避自己爱到溃不成军还遭对方讨伐的残酷现实。旧的挥之不去，新的无处落脚，这是一条死胡同，很容易使人陷入进退维谷。

女孩儿叫左星，天津人，简白和初恋分手，还没缓过来呢，就被左星收留下来。两人大学毕业不约而同选择留在北京打拼，于是相拥着度过了人生的寒冬。

后来，他们在管庄租了一间屁股大的公寓。每天在公司面对老板严苛，下班回到家，小小的公寓便成了他们的温暖宇宙。

工作第四年，简白好不容易混成公司中高层，才华显山露水，人脉也逐渐开枝散叶。眼看他就要晋升为人生大赢家，不料情场出了差错。

左星也没与简白商量，便擅自联系到欧洲的一所大学读金融。先斩后奏，简白知道的时候，左星早已拿到了签证，甚至连机票都已经订好了。

他们大吵一架，冷战三百回合。原本火热的恋情陷入冷场。

一个多周后的傍晚，简白回到家，凭空唤了几声无人应答。他进卧室欲看个究竟，这才发现左星的行李箱不见了。简白出门去找，寻遍所有左星常去的场所。终于，在一家港式茶餐厅的屋檐下看到了她模糊的身影——

时间已然临近午夜。左星靠坐在一只及腰高的拉杆箱上，流着泪，按着手机屏幕抽着烟。脚边不远处撑着把透明的长柄伞，眼前是这座城市淅淅沥沥的雨夜。

简白被浇得浑身通透。他来不及擦拭身上脸上的雨水，二话不说，上前将左星一把抱住。他喃喃自语道："既然留不住，那我就跟你走。"

简白的再三阻挠，最终拗不过女友的执着。左星前脚刚飞往欧洲，简白仰头望着空中一掠而过的巨大翅影，内心就按捺不住了。

不到半年的时间，他退掉北京的房子，辞掉工作，料理好各项事宜，挥别好友，来到了欧洲。

"涉世未深"的简白，满以为凭借自己的满腹才华以及相对稳固的社会关系能够在欧洲找到一个相对体面的工作，不料落地了才发现，预设温柔，现实残酷。

初来乍到的那段时间，简白在一间大学报名语言课程。那时候，左星上课之余在一家古董店做兼职。

简白将带来的钱三成存入银行七成给了左星，生活费他出，房租他出，旅游费他出。总而言之，他自愿承包了两人共同生活中的一切"业务"。

左星也曾提议过，说不如入乡随俗 AA 制，或者按比例共同承担生活费。可简白说："不用不用，你赚的钱你自己存好，一来以备不时之需；二来毕竟身处异国他乡，穿着体面更加重要。你可以将这些钱当零花，买买自己喜欢的包包、香水或者口红。"

简白尽职尽责地扮演着"家庭好煮夫"的角色。日子久了，左星的开销越来越大，早出晚归的次数越来越多。简白询问过几次，左星都草草解释说，出差谈客户，有时候两天要跑三四个城市，经常需要在空中飞来飞去的。

一年到头，简白带来的钱不知不觉花掉了大半，语言课程也就要结束了。为了赚生活费，也为了拿到新的签证，他在语言班同学的推荐下，到市中心一家中餐馆应聘大厨。

通过一番考察，闯过层层关卡，不料大厨没聘上，简白被录取成为一名后厨洗碗工。

拿到合同的时候，简白的心一下就凉了。快餐店的厨子就已经够 Low 了，洗碗工又算是怎么一回事儿啊！犹犹豫豫了好多天，他还是将这消息告诉了女友。

左星听到一半便明显流露出三分嫌弃七分不悦。不等简白说完，她毅然将他的话打断。她从沙发上起身，赤脚站在地板上。

她说："虽然这是你自己的事，可我的确有一些失望。因为我一直以为人往高处走，水往低处流，可从来没想象过，生活会从云端跌到油坛里。"

简白心内泛起阵阵酸楚，沉默良久，好不容易憋出一句："我落入今天这步田地还不是因为你吗？你要是不折腾着半道杀出国，我怎么可能退房卖车，辞掉原本体面的工作，放弃原本拥有的一切呢？如果按照原路继续走，我们现在很可能已经结婚了，"

左星一听，瞬间炸毛。她反唇相讥："我从来就不是瞎折腾！我这是为了追求人生进步！再说了，是我求着你跟出来的吗？是我要你退车卖房辞掉工作吗？现在你抱怨我，后悔我们就分手啊！您可千万别因为我而委屈了自己！"

左星一口气说完，风一般冲出家门。可这席话如同巨石，向着简白的心渊深处翻滚，下沉，直至彻底坠毁……

简白坐在餐桌前面，浑身瘫软大脑空白，远远儿看上去，整个人像是一只被抽空的球。

凌晨两点，左星窸窸窣窣的开门声将和衣躺在沙发上的简白惊醒。他整晚都在等着她，可也不知道什么时候，自己竟然睡着了。

左星打开灯，定定站在门口。她的双眼肿成了两颗核桃，不用猜就知道刚刚才哭过。

简白迎上前，扶她坐在沙发上，揉着她的背，轻声安慰。

他说："亲爱的，别再跟我生气了好吗？目前的状况已然如此。一条路摆在脚边也没得选。好在我们都还年轻啊，从头再来算是丰富了生活体验。不过我向你保证，我会以最快的速度赚足够的钱，要么等你学成打道回国，要么在此开始一份属于自己的事业，然后我们结婚生子，一切都会好起来。"

左星听他这么一说，内心的汹涌一触即发。她一边号啕大哭一边往他的怀里钻。鼻涕眼泪蹭了简白一胸。可是简白高兴啊，因为他知道，左星这么做，显然是与自己握手言和了。

就这样，简白从洗碗、切菜、打扫厕所做起，凭借在国内单身时期练就的二把刀的烹饪技能，渐渐提升为主厨。过了大半年，左星和朋友合伙搞了个小型风投，说既然简白努力奋斗，她自己当然也不能闲着。

简白一边煎鱼一边点头称道，可左星扭捏了好一会儿，终了，好不容易吐出一句："资金还有一个小缺口。"

简白周身一怔，木铲随即自掌中脱落。左星吓了一跳，发出"啊"的一声浅浅的惊呼。

简白垂着头，沉默了一下，抬头冲左星笑得温柔。他弯腰捡起锅铲，扬了扬眉毛，解释说是因为菜油放得多，手心打滑了。接着，他走进卧室，从衣柜最底层取出一张银行卡。

他将左星叫到身边，无比郑重地看着她的双眼，他希望从中获取一丝勇气、一丝胆量，兴许还有一丝迟来的希望。

良久，他迟疑着将金卡递给左星："最后一笔存款。全数奉上。"

左星攥着卡，突如其来的感激之情浮现眼底。她踮起脚，热切地吻上了简白的脸。

果然，左星没令自己失望。生意做得风生水起，她的应酬越来越多，与越来越多的客户出现在各种各样的高档场合。

而三十过半的简白，终于变成了一头异国后厨里的困兽，他成天到晚戴着顶油兮兮的厨师帽，炸着冒牌的天妇罗。休息的时候喝两杯啤酒，坐在矮板凳上，窝着身子，用手机看看曾经嗤之以鼻的娱乐节目。

她的天地视野日益开阔，而他则渐渐陷入了生活的逼仄。

可是简白从来没有抱怨过。他也曾扪心自问过无数次，怎么就一脚踏空落入人生沼泽？可静下心来想一想，当时咬牙跺脚选择出国，不就是为了和星儿团聚吗？现在他每天早上睁开眼睛就能看见她安静的侧脸，这不就是所谓的梦想成真吗？

日子看上去一帆风顺，实则不然。简白一心一意甘愿画地为牢，左星却盘算着如何逃离苦海。

其实，很多事从一开始就已经预感到了结局。往后所有的千回百转，都不过是为了拖延散场的时间而已。

不久后的一天，左星参加完庆功晚宴回到家，不开灯，踢掉鞋子卸掉皮包瘫倒在沙发上。简白从浴室出来，欲上前给她一个安慰的拥抱，不料左星落荒而逃。

简白站在卧室门口，将手臂撑在门框上。他不解地紧紧盯住她的眼，试图寻求一个答案。左星假装全然没注意到他的反常，拿着面膜和棉棒去浴室卸妆。

没出一周，左星提出了分手。

当时是下午六点钟，简白回家早，在厨房里炖一锅鹰嘴豆。就在他将香料按照食谱上的顺序全部撒进锅里的时候，背后响起一阵开锁声。

简白知道是左星回来了，潦草擦手转身进客厅。不料他还没走到门口，左星已经冲了进来。像是早有准备，在激流暗涌般紧张情绪的胁迫下，她用生硬无比的口型吐出一句生硬无比的话："我们分手吧。"

简白当下虎躯一震，如果将此时此刻的他比作一座危房，那么很显然，这轻而易举的一句话，足以将他震垮。

他以为这是一个玩笑，可看她有模有样的阵仗又不太像。他咧咧嘴角，试探性地问了句，"你说什么啊星儿？别逗了！"

左星垂下眼，嘴唇动了动，却没发出任何声响。

简白装聋作哑，扮出副若无其事的样子，说："换身衣服洗洗手，土豆软点儿就可以出锅了。"话落，他正要转身，却被左星一语拽住。

"简白，我们分手吧。"

简白先是一愣，转过身，龇牙咧嘴地将隔热手套往地下狠狠一甩："你！你说什么？"

这举动将左星瞬间点燃。她斗志昂扬地站在原地，活像一个女英雄奔赴战场。

她说："在国内的时候，我住二手房，开二手车，交往二手的男人。现在来到欧洲，变成租二手的房，交往二手的男人，不幸连二手的车都没得开了。

"我想你还是了解我的，我从来就不怕吃苦，也心甘情愿为美好未来奋斗。可现在眼看着事与愿违啊，我的奋斗换来的是生活低谷，是油腻腻的后半生。这不是我想要的生活。"

左星走了，活像一股龙卷风，将无以计数的爱与感激刮得片甲不留，剩简白一人在风中瑟瑟发抖。

殊不知，楼下马路对面的阴影里倚着一个面目崭新的欧洲男人。他开车绕过街角，与左星在公园碰面。随后，她上了他的车，舒展眉头吻了他。

而这一切的一切，都是简白未曾看到的。

简白睡不着，趿着双竹拖鞋在公寓里走来走出。眼看着钟表的指针转了一圈又一圈，一直到凌晨一点半，他依旧睡意全无。简白干脆从床上爬起来。走进厨房，看着空空如也的冰箱，被深深的失落感击溃。

他靠单薄的意志努力支撑起即将决堤的崩溃，坐夜班巴士，去城郊越南人开的苍蝇小馆要了一桌廉价小菜和一打啤酒。

一直喝到餐馆彻底打烊，他才被越南小老板叫来的出租车拉回到住处。

第二天酒醒，简白对着空荡荡的手机屏幕发了半小时的呆。没有她的电话，没有她的简讯，甚至没有来自任何一个人的消息。

简白觉得自己像是一个被拐到异国他乡的弃儿，无依无靠，徒留深重的叹息与自嘲。

他向餐馆请了假，面无表情地阐述了五分钟前编造好的理由，没等老板批准便毅然挂掉电话。

接着，简白刷牙洗脸整装出门，来到离家最近的一家租车公司，租下一辆八成新的 Porsche911，纵然春寒料峭，他只身一人，将马力开到最大，驱车在高速上不要命地奔跑，像极了一头被激怒的犀牛。

也不知多久，疲惫感在猛风的裹挟下向整个世界倾倒。简白在一处休息站靠边，下车买了面包和咖啡。重新摇下车窗的时候，他突然想起来，就在自己向公司递上辞呈的那一天，老板请他到办公室喝茶。得知他去意已决，他拍拍他的肩，对他说："这个世界那么大，生命从来都有不同的样貌，每个人有每个人的挣扎。"

时至彼时，简白终于深刻明白了这句话所包含的世事难料与人生冗杂……

听完这故事的第二个周末，我和简白同时在朋友圈宣布恋爱。妖妖和小九觉得难以置信，恨不得立马飞来我家，帮我敲锣打鼓张灯结彩一番。

大家来我们新租的靠近市区的中档公寓里开了个 party，简白喝到兴致高涨，拉我跳起了扭扭舞。一曲终了，他一边咯咯笑一边跟我说，他的心里充满了欢乐。不是因为他陷入了爱河，而是因为他克服了恐惧。

我随即心底一沉，有些失落。可当我仰头看向他的脸，觉得眼前的一切已然是命运的恩赐了。

我出生在海边的一座小城，成年后第一次旅行，是开车穿越了新疆的巴音布鲁克大草原。十八岁刚过，又跨山跨海来到布拉格求学。年年岁岁，家的概念越来越模糊，长大以后，故乡反倒成了远方。

从相遇那天起，我就被简白的温柔细腻包裹而不自知。而彼时彼刻，是他用无声的承诺为我搭建起坚实可靠的四壁，是他的怀抱收留了我多年来无处安放的焦灼。

　　后来，在一个十二点刚过的深夜，我逆着台灯的暖黄光线偷偷吻了他，说声"晚安"后悄悄替他掖好了被角。起身关灯的时候还是忍不住看了一眼他茂盛的睫毛，仿佛心里最柔软的地方长出了一片青草地。

　　明明已经日夜凝视过简白无数次，可还是无法满足。心理学家解释说，满足是冲突的，令人得到欣喜又害怕失去。

　　当我起身坐在电脑前赶着手头的课件，光标在屏幕上闪了又闪。鼠标定格在"保存"键的时候，身后的光线突然被阻断。

　　简白睡眼迷离地环住我的腰，将脑袋置于我的脖颈深处蹭了蹭，我听见他平稳的呼吸和胡楂摩擦的声响。我歪着脑袋地对他撒娇——"我突然有点儿饿了。"

　　当我站在橱柜前对着窗外发呆，他突然放下漏勺走过来，从背后抱住我。我微微侧头，右边是他逆着光源温暖的脸颊，左边是被蒸腾而出的热气氤氲过的万家灯火。

　　后来，我们分享了一碗热气腾腾的煮乌冬。以至于在很久以后，在独自通宵的每一个深夜，我好像从来没感觉到孤独。大概是因为背后仿佛还残存着简白棉 T 传来的温热，耳畔又响起他平稳的呼吸声。

　　简白的餐吧在市中心一条古街的巷子里，青石路面，爬满蔷薇的围墙，知道那里的人并不多，经常光顾的也都是些回头客。白天，我去上课，简白工作，傍晚的时候我去餐吧找他，喝一杯新鲜的西芹汁，然后和他手挽着手回住处。

　　时间飞速地旋转和流逝，我却满怀欣然接受着他的温柔与风度。日子平静而丰盛，我常常对着镜子笑出声来，这不就是我所期待的"未来"吗？

直到左星约简白出去那天，简白彻夜未归。他在电话里通知我左星的回归，我敷衍几句，草草将电话挂断。

第二天清晨，简白六点刚过就回到家。他推门而入的时候，我注意到他眼底被疲惫感淹没的木然，以及裤脚深深浅浅的雪痕。

简白一声不响地忍受完我狂风暴雨般的歇斯底里，他按住我的肩膀，要我在沙发上坐下。

我以为会等到他的安慰，不料等来的却是一阵更为猛烈的飓风。他浅浅坐在沙发的边缘，双手拖住疲惫不堪的脑袋，轻声说道："左星的投资失败了，卡里就剩十万块了。偿还不起欠的钱，她被债主逼得到处跑。"

我知道这并非表达的重点，便催促着他说出下文。

简白缓缓开口："我答应她，尽全力帮她把欠别人的钱掂上。"

果然不出我所料。我甚至有那么一点点，为自己的一眼看穿而洋洋得意。顷刻之间，我觉得自己像是跌入了一处永不见底的深渊。我被命运的大浪吞噬，被它逼到了现实的死角。

我身上的全部毛孔像是被一块儿烂抹布牢牢堵住，想要发泄，却找不到出口；想要表达，却一句话也说不出。

我无数次地想要问他，左星不再是他的任何人，生生死死已然与他无关，为什么要帮她还钱？为什么还要和她共渡难关？为什么还要在大浪滔天的时候甘愿做她避风的港湾？

可几度欲言又止，我终究没问出来。不是不屑，而是恐惧。简白太过诚实，而此时此刻这份诚实幻化成了强有力的定时炸弹。

我最怕听到他说出内心深处最最真实的想法——

"我还在乎她。""我们毕竟有过那么多好山好水好风光啊！""我曾经是她的依靠，现在也无可幸免！"……随便挑出一句，就能将我彻底击垮。

简白红着眼，站在窗台前抽烟。我背对着他流泪，内心深处誓死纠结。

良久，我静静站起身，冲着他的后背一通乱捶。我的理智被愤怒点燃，恶毒的话语如同火焰一般从舌尖喷射而出。我使尽浑身解数，冲着他的背影近乎疯狂吼着："我就是这样，酷到要死，倔强到要死，敏感到要死，遇到事只会死撑，眼里容不下一粒沙子。所以没有人爱我是吗？也没有人在乎我的感受对吗？"

简白迅速将烟头捻灭，转身抓住我的手腕，眼睛却看向别处，他一个劲儿地摇头，可一句话也说不出。他紧张的神色告诉我，他是想要表达些什么的，比如"不是的，我是在乎的"，或者是"别傻了，你不能这么说！"

可在这紧要关头，如此苍白无力的安慰根本无法将我制服。我冲进卧室，反锁上门，将自己蒙在被子里放声大哭。

等我睁开眼睛，黄昏已尽。天空洋洋洒洒地下起鹅毛大雪，欧洲的雪花又干又硬，雪渣钻进头发，瞬间凝成冰粒。

我随意裹了件大衣去找妖妖诉苦，妖妖先是帮我卸了妆，然后替我敷了张强力补水面膜，接着，她要我喝口绿茶慢慢儿说。

待完成这一整套"补救心碎"的仪式，我的情绪已然缓和许多。

妖妖听完我极富个人感情色彩的叙述，瞪着眼睛说："你这明明就是纸醉金迷，庸人自扰。你和简白看上去全然一幅人间美景天作之合，不就是替异性还钱吗？钱这东西最无情无义了，很显然，简白将世间所有的好情谊全都留给了你。"

我弱弱答道："就算对曾经信心满满，也会对未来惴惴不安。更何况，我也从来就没对我们的关系自信满满过。"

妖妖大吃一惊，向我询问原因。我没忍住，将左星的事情和盘托出。妖妖逐渐变了脸色，深思熟虑了好一会儿，说出一番话——

"他不深爱你，你故意打扮得漂亮出现在他眼前是没用的，你的问候消息在他那里就如同垃圾短信，你朋友圈里的小心思他根本体会不到，你哭得死去活来也跟他毫无关系。你的费尽心力，除了自己的心情和生活被搅得天翻地覆之外，不会有任何改变。"

我不明所以地望向她，两把将泪水抹干，咬牙切齿地反击道："你什么意思？你说得这么严重是什么意思？是要我缴械投降吗？我怎么能缴械投降呢？简白明明就是爱我的，他的一举一动、一餐一粥、一张一合的毛孔都在诉说着爱我，我怎么能轻易放手呢？我人生的字典里没有投降，只有战斗！为尊严战斗，也为爱情战斗！"

妖妖听得热血澎湃，端到嘴边的绿茶都没来得及喝。一席话罢，她大腿一拍："这才是我认识的姐们儿啊！恭喜你满血复活！"

我在妖妖家足足赖了大半个周，简白短信我不回，电话我也不接。可我知道，妖妖一定早已将我的行踪汇报给他了，对于这一点，我俩心照不宣。

直到打道回府那天，我坐在地铁里给妖妖发了条简讯。

我说："我想我应该变得强大，当他说的话像是刀子一样戳进我的心，我也可以一笑而过，然后继续厚着脸皮去答复他，我不伤心，我不难过，我要越挫越勇！我要做一棵树，做一棵会开花的树。我要茁壮成长，长在简白的身边，即便他根本视而不见！"

没出两秒，收到妖妖的回复："得嘞！预祝你成功！"

我回到公寓，已然晚上九点。简白坐在餐桌前，四菜一汤早已凉透。他见我回来，平静地接过我的外套挂在墙上。

四目相对之间，多少有些尴尬，我问他："你知道我今天回来吗？准备这么一大桌菜？"

他将餐具摆好，回答说："凑巧吧，我最近每天都做一桌菜，怕你哪天突然两手空空杀回来饿着肚子干着急啊！"

我冲他笑笑，进房间换衣洗手。简白摸摸我的头，默不作声地将菜品一道一道放进微波炉。奇怪我们竟可以如此心平气和，就像什么事都没有发生过。

待我收拾妥当，回到桌边，一筷一勺，专心致志地吃掉了桌面上所有的食物。

饭后，我们不约而同在客厅坐下来。简白打开电视，将声音调到最小。我进厨房泡了一壶绿茶，抑住内心的翻腾，率先开口。

我说："很久以前我就跟自己说过，就算我们没能走到最后，我也不会心存遗憾。你有你的苦辣酸甜，我有我的爱恨离别，既然相遇的时间不足以让我们为彼此停留，那就祝愿今后的我们，披着自己的骄傲，继续前行，互不打扰。"

简白突然在我的脚边的地毯上坐下，仰头望着我，张口直白。

他说："你知道么？在我的价值观里，钱是这世上最无情无义的东西，我曾经过着物质充实的生活，后来陷入一小段时间的窘境。因此金钱对我来说，从来就不会大过情意。

"我答应帮左星，只是想要换得自己的一份心安。我不想再欠她任何东西，我想爱情重生了，将过去打结，和她就此别过！"

就这样，在征得简白的同意之后，我退掉市区的公寓，在郊区租下一间廉价 house 最顶层不算宽阔的阁楼。我们将搬不走的华丽家具在 e-Bay 上卖掉，用赚回来的钱买了结实耐用的橱柜和柔软的木床，作为安慰，简白还帮我在房梁上安装了一副简易的吊床。

拼装完所有家具的瞬间，一种莫名的愉悦自内心深处升腾。

我的心告诉我，原来，时至今日，事到此刻，我再也无法欺骗自己，我明明就是想要与他全力以赴共度余生的。

我们一夜回到解放前，在省吃俭用的生活状态下度过了两年零三个月。我从一个花钱大手大脚随心所欲的女孩，长成了学会一笔一画认真记账的大人，我甚至学会了用一篮土豆一块火腿做出一桌子"满汉全席"。

我们每隔半年打给左星一笔钱，这成为我俩之间心照不宣的秘密。

直到彻底帮她还清欠款的那一天，左星终于消失了。她的消失，让我觉得格外心安。我知道，终于，简白完成了他的夙愿。

我躺在阁楼的吊床上，简白站在背后轻轻地牵动缆绳。环视四壁，屋内的东西都已经搬得差不多了，只剩下一只沙发和一台书桌。

简白本想将吊床拆下，随其他物件一起卖掉，我摆摆手扔给他一只玩具熊，说："不如将它留在这儿，留给下一个房客，分享这份微不足道的快乐。"

7月8号这一天，我毕业了。我们订下两张八月末的机票，决定起驾回国。简白盘掉了餐吧，而我也找到了一份符合自己心意的工作。

毕业典礼那天晚上，简白载我去山顶的旋转餐厅庆祝。餐罢，他递给我一张贺卡，说是妖妖让他转交给我的。

我小心翼翼拆开丝带，剥掉最外层的软纸壳，那是一张式样精致而高端的深灰色贺卡，我翻过背面看，两行金色的小字儿跃然纸上——

"何必去管一片海有多澎湃，只要你喜欢，就奔上前尽情拥抱！

"未来大浪滔天，索兴往事可作帆。但愿我们能在波澜壮阔的岁月里，温柔相伴。"

///

愿你精致到老，不减风骚

曾经，我想陪他去很多很多地方，
可如今，都成了遥不可及的远方。

如果不是在一个阴雨连绵欲断魂的深夜被导演叫去小剧场和演员见面，我想我永远不会遇见马莉琳。

当我端着咖啡站在熄灭的聚光灯前面的时候，导演老鲍指着台上的一位红衣姑娘跟我介绍："她就是主角，非专业人才，学摄影，但总的来说也强过路人甲乙丙丁，至少目前有半只脚掌已经站在了艺术圈儿里。"

我推了推眼镜，想要上前去和她打声招呼，她走下台来，掏出 coco 31 号举到唇边轻轻涂，将自我介绍讲得平铺直叙。

"你好，我演女一号，小喆玛丽亚。"怕我听不懂似的，她随之凭空撩了撩大腿，从记录簿中撕下一页写得唰唰响，"是来要签名么？"

导演将她手头的动作拦下，侧身向我介绍说："要什么签名，这位是编剧。"

她吃惊之余，冲着我挑了挑眼睛，侧身，将口红滑进手包里："啊，我是马莉琳。"

　　毫不夸张地讲，马莉琳是个美少女。一半洋气，一半妖气。远看像女王，近看像萝莉，下身比上身修长，上身比下身丰腴。

　　作为我这样胸前无大物的十八流小编剧，很难轻易出人头地。再加上我身处海外，想被潜规则都鞭长莫及，因此就更是难以出人头地。

　　然而幸运的是，两年前，我被一家同样排行十八流的话剧团收留，好不容易有了机会崭露头角，和一位同样难以出头的十八流小导演，以及一群错别字儿都认不清的演员共荣共辱。我格外卖命，终于认清了自己的人生使命。

　　2013 年，历经重重失败，我们剧团几经周折、绝处逢生，圣诞节前后，终于以一部《波西米亚艳史》征服全场。而这部剧的卖点就是大胸满天飞，白腿藏不住，情节灯红酒绿，服装尽量露骨。

　　当然，剧情是我编排的，台词也写得挺出位，然而方向却是老鲍确立的。

　　老鲍说，要给大家看点儿鲜艳的、有内涵的、风花雪月的、眼界大开的、庸而不俗的、腐而不朽的，尽量配合圣诞节的主旨和颜色！说罢，抛给我一个似懂非懂的微笑。我被他不言而喻的艺术掌控力震慑到，震到精神崩溃，慑到瞠目结舌，在原地愣了好久。

　　老鲍见我并未完全领悟此话的精髓，干脆直接将题目抛给我："《波西米亚艳史》！艳史，懂了么？鲜艳的，懂了么？"

　　我思索了一会儿，抬头望向老鲍："听你这么说，好像有失高尚，那……不走节操路线么？"

　　老鲍眼睛一亮，将茶壶嘴儿咂得吱吱响："有节操的叫世俗，没节操的叫艺术。再说了，理想还没开上高速就已经快要被现实撞得人仰马翻了，还谈什么节操？别瞎操心了，写好你的词儿就成！"

我抬头看他一眼，咬牙切齿地答了声："好！"埋头将刚被他打断的那段划掉，重新补上句"……小喆玛丽亚将发簪拆下，解开衣服。彼得兽欲大发的眼神亮着光，比禽兽还禽兽。"

老鲍是我们的导演兼老板。年轻时胸怀抱负，跑来欧洲深造。在FAMU 学编导，后来被同级的波兰裔红发小姑娘晃了心神，享尽男欢女爱，学业却被搁置下来。再后来，他包了几间仓库，和人合伙搞物流，倒卖高仿香奈儿、LV，和一些 Dasabi 牌运动裤，说是盯准这条路，容易发家致富。

27 岁那年，金发小姑娘跟一个才华横溢的日籍电影摄像跑了。老鲍痛心疾首，辗转反侧。为了忘却伤痛，他扭转了自己的人生信条——"孑然一心搞创作，幸福幸福最幸福！"

最初那十来场，我们剧团基本场场亏损。老鲍为了留住我们这票外围小演员，硬是将他库里的"大牌货"从挎包到卡来成套成套往我们手里送。

我们一个个儿翻箱倒柜，哪款标大选哪个。老鲍跟在屁股后面吆喝："标太大的不成，太大一看就是假货，你们得选那款型含蓄的，要是被人识破了可千万别说是跟我这儿拿的。"

可是，谁又在乎呢？

马莉琳可就不同了。她各种名牌包包换着背，出去吃饭永远酒水最贵，簇拥者成群结队，连清明节都有人送鲜花和香水。

她是仿真版大腕儿，生来名媛。跟我们去蹦迪，她脚踩 Rockstud Pump，肩挎 Nano Drew，脑门儿上别个墨镜，一进门儿就能成为全场焦点。她家境不错，演戏纯属爱好，玩儿玩儿而已，全然不为讨生活。这么想来，跟她不专业的身份相比，读几个错别字好像也没什么不专业的。

我和马莉琳的关系相当和谐。因为我的隐性人格和她很像，就是面儿上好装逼，骨子里俗得有腔调，有精神，有理智，有感性！所以她总能成为我笔下最为灵动的那个角色。

为她量身打造了几款人物形象之后，我们变得形影不离起来。还因为我两一个处女座、一个摩羯座，星座书上说这是相辅相成、相映生辉。

而现实中，我们相处融洽。当她的戏子型人格款步而出，我掏出我的分裂型人格陪她玩儿角色扮演；当她的小公主型人格呼之欲出如猛虎，我便用我的女汉字人格将她镇压住。

我遇见袁诚那天，他和哥们儿来看演出。再往细里说，他哥们儿就是老鲍的朋友。那天黄昏，下着暴雨。估计大家都是为了进来躲雨，剧院内奇迹般的观众爆满，于是谢幕的时候，导演拉我出来做了终场小演说。

散场之后，导演带着袁诚来找我，介绍说他是非典型性戏剧爱好者，喜欢莎士比亚和奥古斯特，其本职是搞建筑的。袁诚冲我笑笑，顺手递过来一瓶水，说："作为幕后工作者，得不到最直接的赞誉和掌声，实则最为辛苦。"他说话的声音极具穿透力，有着播音员特有的磁性与浑厚。最可贵的是，他刚开口，便将我一举击中。击得我眼花缭乱，情欲朦胧。

那天我没戴眼镜，目光显得既涣散又很是娇柔，说"你好"的时候眼神恍惚躲闪，握手的时候先在人胯前一阵摸索。

然而，袁诚忐忑不安的神情告诉我，我们都属于那种表面一本正经内心激流暗涌的品种。

回家的路上，马莉琳挽着我的胳膊，笑得邪气横生："我刚偷偷看你们来着，你望穿秋水的眼神告诉我，你好像是爱上那个大背头了哦！"

"别乱说！要知道，做我们这行，对'眼缘'很是看中。"

"不就是看脸么？"

"No，No，No！我们是从外貌看向灵魂的！"

听罢，马莉琳甩开我的手臂，捂着嘴登上刚到站的有轨电车。她挥手说自己要先走一步，赶着回去吐。

那之后，我们又演了两场。袁诚没来，观众也没之前多。老板说正常正常，巅峰之后总会走几步下坡路。可我心里清楚，因为那几天不是阴天就是烈日，雨水不够多。

就这么想着念着自我安慰着，熬过了一个多周。

终于，袁诚约我吃饭。我很轻易便答应下来，因为我是名副其实的视觉动物，从背影看，他肩部的轮廓像极了壮年版的金城武。

那天是周末，我们在伏尔塔瓦河上游的一艘大船上开了瓶红酒。聊了一堆与"相见恨晚"相关的废话之后，终于切入正题。

彼时，已然酒过七旬。我借着醉意，开门见山向袁诚发问："你之前都是在船上约女生么？灌点儿红酒，把人摇晕了直接下手？"

袁诚明显没我放得开，很是尴尬地摸了摸头，又端起杯子喝了两口："怎么说呢……我学的这个专业挺特殊。打个比喻好了，和尚庙里还有几个女游客。我们这儿，连个女游客都没有。"

"那……你还没近过女色？"我将身子向前倾了倾，捻了颗橄榄放入口中。

他回答地倒很是自如："上回进入女性的身体，是去年夏天到美国自由女神像旅行的时候。"

"你呢？"轮到袁诚发问了，"你喜欢什么样的男生？"

我翻转了几圈儿软绵绵的大白眼儿，顺便凹好造型想了一下——"在外所向披靡无坚不摧，上床凹好造型变成乖乖小绵羊，这样表里不一的人，最能激发我的怜悯和爱心啦。"

此话听得袁诚一个激灵。他用酒杯掩住笑，幽幽来了句："挺好，我觉得你挺真实的。"

那天傍晚，袁诚送我回家。走着走着，天就黑了。

到达公寓楼下，我们之间短暂的友谊以一句话告终。我说："我不是女游客，可我愿意做你对面山上的小尼姑！"

情理之中的，袁诚俯身拥抱了我。

我见过的男人挺多，别出心裁的也挺多。

我见过的高智商，说一口浑浊不清的普通话，谈恋爱用哲学的逻辑，谈哲学用科学的逻辑，谈科学用神学的逻辑。而数学才是他人生的基本语法。

我见过的黑社会，拿一把砍刀裁纸条，挥着细细的皮鞭催我洗澡。

可是袁诚不同。他正常，冷静，有魄力。

他习惯沉默不语保持理性，可一旦张口，便有令春花秋月动容的本领。

确定关系之后的第二个月，我顺理成章搬去袁诚的公寓。搬家的时候马莉琳开车载我，她说千万别委曲求全，就算爱到玉石俱焚也要保持腔调。

我点头说好，她冲我笑笑，转身将一双 Christian Louboutin 从车窗递出来："战靴，鼓舞士气用的！祝你好运！"

就这样，我与袁诚欣喜若狂地张开怀抱拥抱住对方的生命。

我们大张旗鼓地表达对彼此的热爱，尽心竭力融入彼此的日常。我作息不定昼夜颠倒，他便甘心情愿为此调整时差。我们去动物园郊游，去河边吹风，我甚至开始尝试吃他所钟爱的黄花菜，而袁诚也尝试在睡前听张 Chris Botti。我们无时无刻不在展望美好未来，可从未聊起过彼此兵荒马乱的过去。我像对待初恋那样与他腻在一起，甚至唤回了自己经久不见的少女心。

爱了小半年，我疑似爱出了幻觉。袁诚的体贴入微让我以为自己走进了永恒，以为我们之间的关系固若金汤。我甚至觉得就算有天老了死了，我们的爱情也会被口口相传，永远没有"剧终"，只有"未完待续"。

直到那个带 T 牌"紧箍咒"手镯的姑娘冲我伸出胳膊——"你好，我叫 Cassiel。你是和袁诚一起来的么？"

只听耳边"哗啦"一声响，现实撞碎了我曾经的一切预期。

当时，我们正身处于一位朋友的婚礼现场。司仪穿着一身色彩缤纷的鸡毛在台上耍宝，所有人都在恭贺新婚鼓掌欢笑。

那声音绕过人海，我没听太清，于是转头看向站在一旁喝香槟的马莉琳：

"Cassiel？是表么？"

　　站在对面儿的姑娘很显然也没听清，冲出小半步，横起眉毛问了句："你丫怎么骂人呢？"

　　马莉琳不作声，豪气万丈地冲她笑了笑，接着退回来，伏在我的耳边小声说："那表是叫 Casio，Cassiel 是能量天使的意思，两者有区别哦。"

　　我红了脸，正欲道歉，姑娘端着酒杯上前一步，扬了扬下巴，摆出生来傲娇的阵仗，向我开火："你到底知不知道自己是袁诚的第几任女友？"

　　"有杀气！"我在心里高喊了一句，与此同时还向后退了几步，本来想要回答"不知道，不清楚"，然后借口逃去厕所，或者将她拉到墙角梨花带雨问清楚。可还没等我开口，原本气定神闲的马莉琳丢了句——

　　"最后一任哦！"

　　这句台词原本很常用，杀伤力也较弱，可就要看它怎么说，由谁说。

　　马莉琳的颧骨有些高，说起狠话的时候喜欢挑高眉毛。她当时的语气和表情并非楚楚可怜也并非风雷滚滚，而是挑衅，那种"你他妈算老几"的挑衅。一瞬间，将 Cassiel 的气焰扑灭了半截。

　　好在姑娘还算执着，半晌，扮出视死如归的阵势重整旗鼓："你确定吗？"她撇嘴瞪了马莉琳一眼，最终还是将目光落定在了我的身上，继续道，"可是我跟你说，上周五，他可是和我在一起哦！你是不是应该去问清楚？"

　　上周五是袁诚的生日，我怎么可能不清楚？年年清楚日日清楚，甚至连惹火小战袍都已经买好了。可生日当天，我却把这茬儿给忘了。想到这儿，我在心底里抡圆了胳膊，扇了自己一个无比响亮的大耳光。

看 Cassiel 那僵硬不堪的面部表情，再听听她那小心翼翼的语调掌控，以及那推土机似的吐字和语速，以我还算专业的角度来看，这词儿应该是她刚从都市言情剧里背来的。

真是善者不来，来者不善。这个 Cassiel，看似眉目含情，实则虚情假意。我当即帮她批了一卦——目含春水，命中带炮。

我眼中的熊熊丧气应该是被那姑娘揣摩出来了，她跟着提高了声调："有本事就说出口，别憋在心里含蓄地诅咒我。"

我环视四周，琢磨着怎么样才能不声不响跳入茫茫人海，不料马莉琳以更高的声调喊了一声："我说嘿！和你在一起？先看看自己的人品，再照镜子看看自己的衣品——黑鞋黑衣黑皮裤，这是婚礼，你丫进错地方了吧？还是新郎是你前男友你来报仇雪恨啊？看看你眉眼间的搭配，屎色眼影？既矫情又牵强附会。"

Cassiel 的理智终于被推向风口浪尖，她抬起手，应该是想要砸碎一只酒杯，不料却被马莉琳一把夺了过来。她扳住 Cassiel 的胳膊，将嘴唇凑近她的脸，用那种云淡风轻中带刺的语调调侃，说："要摔回家摔，我们可丢不起这人。"话罢，还很是善解人意地冲她笑笑。

Cassiel 都快哭出来了，放下杯子，前后晃荡两步，终是落荒而逃。反倒留我在原地抹起了眼泪。

马莉琳火气未尽，显得有些不耐烦，她将我拽进卫生间，舔了嘴唇，撩了头发，冲着我一通烽火连天："你看你那点儿出息！好不容易有一撞上门儿来的糟心对象，你怎么就不尽情恶心她呢？你成天到晚写些没节操的台词儿，还跟这儿扮什么高尚？你以为自己能成为袁诚的未来终结者，他却把你这样的女孩变成又一个过去；你以为自己是傲娇纯情美少女，在别人眼里就是一旷世无敌臭傻逼。"

这是马莉琳习以为常的表达方式，放在往常，也就是句恶俗玩笑话，听一听笑一笑很自然放过去。可那天不知怎么了，在 Cassiel 远去的背影里，这话被无限放大，钢针一般沿着我的耳膜玩儿命扎。

理智告诉我，她这种嘴贱心善也没什么好不齿的，可冲动又迫使我撑开胳膊，将她一把推开。

"你到底哪儿来这么强的优越感啊？你以为自己真的胸大腿长？你不过是比别人愿意露！你以为自己用香奈儿爱马仕就是大家闺秀？大家都说你虚荣心爆棚！你愿意以搔首弄姿为美德，可从来都不去想别人能不能接受！"

枪林弹雨扫射完，马莉琳目瞪口呆地望住我。她的眼神有些受伤，却又不失大义凛然的味道。她以气壮山河般的姿态站在我的面前，大衣还没来得及扣上。那气势好像在说："冲我开炮！冲我开炮！你怎么能冲我开炮？！"

良久，她换上副不冷不热的语调轻起其齿："真想不到啊，你对我的厌恶一浪打着一浪的。我早些时候怎么就没发现呢？"她的表情跟着僵硬起来，脸都刷白了。

其实要知道，脸色刷白的应该是我。我对马莉琳的不满就好比一颗毫不起眼的小黄豆，却在 Cassiel 的催生之下膨胀成气球，唤起了轩然大波。最终，以一颗炮弹的威力向同伙炸了过去。

可是很明显，我抛错了方向，炸成了自己人。

那天下午，我独自一人回到家里。不知怎么了，觉得房子像个冰窟。冷得无情无义，冷得一唱三叹，冷得六亲不认，冷得肝肠寸断，冷得心如死灰，冷得大义凛然。

我倒了杯水，躺在沙发里审视起自己对马莉琳的妒火来。

对过往的种种总结告诉我，我并非善于嫉妒，只是对自己的现状心怀不满罢了。凭什么从小一起撒尿和泥的他如今成为了商业大亨？凭什么去年刚失恋的她如今却已嫁作土豪妇？凭什么半年前还生活落魄找我诉苦的同行如今新书卖过百万一炮而红？凭什么……凭什么……

自那事以后，Cassiel 成功打入我的神经，成了我的隐痛、阵痛、大姨妈痛。

我找袁诚对质，袁诚解释说："那女孩儿是一路追着我来的，这不还没追上么？再说了，我就是一刚还俗的和尚，连腥味儿都没尝过，脱掉袈裟的前一秒老天就送我一尼姑，是不是也该让我在尘埃落定之前也见见女游客？Cassiel 追我，动作发起人是她，跟我有什么关系呢？"

听着袁诚堂而皇之的狡辩，我一忍再忍最终没忍住："可是你生日那天为什么会和她在一起？"我的歇斯底里终于冲破了身体。

袁诚像是被揭发了一般站在原地，表情痛苦而扭曲。没有多余的解释，良久，他背对着我，缓缓吐出一句："我原本以为，我真的会娶你为妻。"

那时候，我才明白，原来人心永远罩着面具，从面相是看不到灵魂的。

就在我无计可施急得摔锅摔碗团团转的时候，袁诚从卧室里走出来，说："不如，咱俩先分开一阵子吧。"

有心在一起的人，再大的吵闹也会各自找台阶，速速重归于好；离心的人，再小的一次别扭，也会趁机借口溜掉。

真不敢相信，袁诚竟然是后者。

过了半个周，马莉琳跑上门来找我，将蛋糕往案板上一拍，说："我觉得过了这么久，咱俩都应该已经冷静下来了。我能理解，你之前崩到我的炮仗中有四分之三都是从 Cassiel 那儿余下来的吧？就当我活该被余灰轰，大人不计小人过。头一次见你这么骂人，我也算是三生有幸了。可是我这人不喜欢收集仇恨，这一炮，我早晚是要给她还回去的！"

我当时别提有多感动了，将脑袋埋在她的大胸前嗷嗷大哭，结果把她的胸都给哭湿了。

后来，我眨着星星眼问她："那……你不怕 Cassiel 和你一样疾恶如仇反过来报复你么？"

"怕什么呀？我出生的地方，女人穿大貂，男人生来玩儿砍刀。生猛是骨子里的，还有什么好怕的？"

"这么猛！哪儿啊？"

"北大荒啊！"

这就是马莉琳。她的气质辛辣而呛人，她是那种永远不会衰老的女人，永远是少女，猎猎生风的少女。她活在自己的世界里，高品位，暴脾气。热爱艺术也喜欢骂人。保持着对外面的观望和好奇。她永远疾恶如仇不卑不亢，恨得透彻爱得热烈。最后还是善良得好像从没被伤害过一样。

她年轻，却不能忍受世界过分年轻。为了掩饰自己的成熟，她必须伪装得无瑕又天真。为了掩饰自己的纯洁，她必须假装放荡又桀骜不驯。为了掩饰自己对一个男人的深情，她必须佯装没事一样抽着烟晃着腿。她爱到溃不成军，却还要硬着脖子说，自己只是玩儿玩儿而已。如果你不能明白她的良苦用心，那么是不能拥有她的。

因此我更加坚定地告诉自己，我会永远保护她，要让她一直鲜亮清脆下去。

圣诞节，我送了袁诚一台Xbox。说是庆祝圣诞，其实是求和礼物。我承认，他的那句"娶你为妻"的确成功糊弄住了我。这种"予君千丝万缕"的求和大法我也是第一次尝试，摇尾乞怜是假，在他短若须臾的生命中留下蛛丝马迹才是真。

我以为我与袁诚会就此和好如初，相敬如宾，可没想到圣诞假期还没过完，Cassiel就出现在了我家客厅。

那是我曾经历过的唯一一个令往后都捶胸顿足的早上。我前脚进门，他们后脚收敛起笑容，周身一抖，恨不得抖出两身苦情戏来。

袁诚放下游戏手柄，正了脸色，说："我叫她来的，想解释清楚。"

没等我将思绪从这段漏洞百出的悲情气氛中自拔，马莉琳小声骂了句："真是金风玉露一相逢，胜却贱人无数。"

Cassiel明显是听见了，瞥了眼袁诚，看他按兵不动，有火不敢出。转瞬，又扮出一副委曲求全的样子："你说什么？我没听清，能不能大声说？"

马莉琳将手包往地毯上一摔，"咯咯"干笑了两声，跨上前一小步："我说，我以为，你们是要给我们愚人节惊喜呢！"

袁诚走过来，与我怒目而视："你们不该这样对付她，不觉得二打一有些过分吗？"

　　我看着袁诚饱含凛冽的眼睛，再看看躲在他背后半步远的 Cassiel，忽而悲从中来。他用心维护的本该是我！与他同仇敌忾的本该是我！可为什么此时此刻，这场面有种全世界都他妈在欺负我玩弄我的感觉？

　　他们一唱一和，表情委屈却丑恶。一出妇唱夫随的情感大戏，终于将我击溃。然而，我还有什么资格谈论成败？从爱上袁诚的那一刻起，我就已经主动伸手缴械，我这是不战而败！

　　我终于失恋了，原来痛感也会像恢宏事业那样日出而始，日落而息。

　　马莉琳带我去蹦迪，嘴里不停地叫着："摇摆摇摆，尽情摇摆，头发甩起来！"

　　我感到全身酸痛，异常疲惫，疲惫到在人声鼎沸的地铁里睡着，躺在床上却又异常清醒。原来，失恋与精神失常的感觉是一样的——失魂落魄、痛不欲生。

　　我甚至生出了报复全社会的念头，我要走上街头，告诉那些身处热恋中的人们爱情是多么不堪一击，告诉那些大秀恩爱的姑娘与她们同床共枕的男人到底是多么虚伪庸俗。

　　可是这一次，马莉琳却异常冷静地盯住我的眼睛，语气是前所未有的一本正经。

　　她说亲爱的，要我说，生活里随处都是阴谋。人总是会被"我爱你"这件事蒙骗住。但是千万不要忘掉你的姿态。不要因为失去爱而变得刻薄，不要因为想要占有而变得阴暗。那将是多么笨拙而悲凉！这世界上，没有任何一个人值得让你的善意与美好扭曲。

别气馁，苦难才能告诉你什么叫情深。千万别夸大了这份挫败的倍数。能流出泪的伤感都不是伤感，能言明的痛苦都不是隐痛。

要不人说祸不单行。在与袁诚正式分手的第二天，我就把手机给弄丢了。我所有的号码信息都没有了，我所有的爱恨情仇也都没有了。但可悲的是，我对他的留恋还有，铭记还有，铁证却没了。

曾经，我想陪他去很多很多的地方，可如今，都成了遥不可及的远方。

当我像个傻逼一样哭了好几天后，终于干了一件对的事情，想起来以后不能住在那儿了，我擦了擦眼泪，赶快把脏衣服扔进洗衣机。把衣服都洗干净，我就没有什么可牵挂了。

而我也明白，一切往事，终将如同那被水打湿的衬衫一般，浸泡在时光的波纹里，褪色、褶皱、变形……

终将，一去不复还。

七个多月后的一个傍晚，我勉强算得上大病初愈。可凑近了闻，还是留有一身往事的味道。

我们约在伏尔塔瓦上游的一家酒馆喝酒。马莉琳打趣说："你别看，我这副残枪余炮还能用，不然咱们用剩下的火药杀个回马枪，把那俩人搞个不欢而散分道扬镳？"

我放下杯子摆摆手，说："多谢多谢，可是不用了，我已经下决心跟你徒手闯江湖了。"

"和我？我的虚荣心如此庞大，压迫得你得有多难受！"

"是是是，你是虚荣心爆棚，可你敢于与之对视，你是我见过最伟大的人啦！"

马莉琳咬了口柠檬，仰头将杯中的伏特加干尽："那你知不知道，江湖险恶，恶霸们都喜欢像我这样欺凌弱小？"

我学着她的样子，也将杯中酒饮尽，哈了一大口气，说："那也总比身边躺着个同床异梦的汉奸强！"

"我算是想清楚了，勾搭男人和买卖货物可是不同！东西买不到，可以争可以抢，实在不行买个类似的凑合着用。可爱情不同，它关乎我的视觉、嗅觉、一切感官乃至后半辈子的生活质量。我总不能因为一时不甘心，凑合两天再扔掉吧？既然爱不到，那不如干干脆脆转身就走。怕丢自尊，那就高昂头颅用力啐上几口再甩甩头！"

马莉琳听罢，为我拍手叫好。

往后的日子里，我会活得潇洒，爱得不计代价，我会将自尊拆解，或让它萎缩起来。如若无法萎缩，那就伪装，装出天真的样子，不再将它展示给其他人看，我要活得精神饱满而内心尖锐。

然而，我也知道，虽然世事险恶，虽然这份嫉妒如影随形，可我依旧需要马莉琳的妖娆与盛气凌人为依托，需要这份相爱相杀的嫉妒，度过自己的后半生。

那就，愿我们精致到老，不减风骚！

无人陪你感人肺腑，那就酷到刀枪不入

这世界上的伤感太多，就算眼泪落尽，

也不过是沧海一粟。

2012 年的秋天，在一场东区食堂的饭局上，我认识了佟诚。

那是个相当普通的礼拜五，普通到土豆烧牛肉还是只有土豆没有肉，普通到番茄炒蛋还是恨不得小尝一口咸到月球。

要说我跟佟诚的相识，完全是通过闺密阿鹿的介绍。有别于相亲，却无异于相亲。在大厅最靠打饭口的长条座椅处，阿鹿突然搂过我的肩，随之将一条毛豆朝我碗里一放，她指着对面的男生眉飞色舞道："他叫佟诚，理工科直男，以后你就跟他混了。别看他平时长着张丧丧的狗腿脸，关键时刻眼镜一摘立刻变身八块腹肌男！"

我"扑哧"一乐，抬眼看过去，只见对面男生的脸上腾起一片火烧云，他冲我尴尬地笑了笑，霎时之间，酒窝绽放，春风一朝三百里，掠夺一路少女心。

我接着开了句不深不浅的玩笑，同时用余光打量他，从发丝到袖口，都刚刚好符合我的胃口。

佟诚是个沉默的人，善于倾听，却不善言谈。可他一旦开口，便是字字珠玑、直击要害。刚认识那会儿，我与闺密被邀请去他公寓的楼顶喝三炮台，闺密夹着蜜饯手舞足蹈地讲了一堆，所有小情绪小感慨都被佟诚的一句天马行空的"嗯"掩盖。

这个"嗯"就好比定音锤，锤得闺密满心火气不打一处来。

我呵呵一乐："要不，给你们讲一神话缓解尴尬？"

闺密不理我，将蜜饯往嘴里狠狠一塞。

"阿努比斯，负责末日评判之天平，在天平的一边放羽毛，另一边放死者的心脏。如果心脏与羽毛重量平衡，此人就可以上天堂。如果心脏比羽毛重，这个人就是有罪的，会被打入地狱，成为魔鬼的晚餐。所以，你知道这个故事说明什么吗？"我故意将脑袋转向佟诚。

"什么？"此时的佟诚正在垂眼看一份当日的晨报。他的声调漫不经心，眉目间却写满了好奇。

"这说明啊，怀揣太多心事不说出来，揣得心脏超负荷，是会坠入地狱的！"

佟诚愣了愣，将面孔从报纸上移开，接着用那种特别不可思议的目光望住我："一派胡言！毫无根据！无稽之谈！"他一时激动，连续蹦出了三个成语。

"怎么，戳中痛处了？还是不敢承认？"我端起杯子，不怀好意地跷着脚，将气泡水嘬得"吱吱"作响，与此同时微微扬起下巴，作耀武扬威状。

他不接话，斜着眼睛看我，看似与世无争的沉默中，写满了莫大的嘲讽。我看着他忽闪忽闪的双眸，报之以一个嗤之以鼻的大白眼儿——目含春波，不知道曾将多少少女心杀得片甲不留！

可这就是佟诚啊，他的尖锐中，总是藏着某种不为人知的温柔。

相识后的第三个月末，我们共同参与了学长组织的一项工科专题调研项目。学长是闺密的预备役男友，我的专业虽说与之相差十万八千里，却还是乐意增砖添瓦，怀着满腔热忱做起了后勤工作。

项目结束的那天，闺密约我、佟诚还有几位参与者一起吃饭，说是大功告成以作庆祝。本就寥寥数人，吃到尽兴还被闺密硬拉去家里帮忙修理马桶。

兴许是有意为之，终了，只剩下我跟佟诚数着盘中吃剩的花生米，脸红尴尬着，四目相对着。佟诚低头看了一眼手表，举目冲我微微一笑："不如一起喝港饮啊，我知道挺不错的一家，就在对街的转角。"我没拒绝，借口去卫生间补妆，起身的瞬间，似乎连脚边的空气都变得快乐起来了。

喝完一小杯鸳鸯，佟诚将喝空的纸杯捏扁，一个利落转身，准确无误地投进了路边的垃圾箱。

"跟我回家吧。"他接着，轻轻说道。

对于这般毫无预兆的邀请，我简直惊呆了。正所谓闷骚男自有闷骚的泡妞手法。我犹豫片刻，跟着点了点头，生生挤进他的影子里，走向一辆灰尘仆仆的破旧吉普。

我拉开副驾的车门，抬腿跳了上去。他扬了扬下巴，抛给我一个寓意丰盛的眼神，随之发动了车子。

一路沉默，汽车在深夜空旷的道路上迂回行驶。某个不经意的瞬间，我欲扭头望窗外，却正好撞见了他的侧脸。他的鼻梁、嘴唇、下巴的轮廓好看到无可比拟。

我不由深深揣测，曾经有多少妖精环住他的肩膀失声痛哭，又有多少人畜无害的年轻姑娘心甘情愿溺毙在了他温柔的眼波里……

突然，他回过头来。目光相触的刹那，我立刻转头看窗外，看危机四伏的田野，看迎面而来的车灯远光，城市深处霓虹烈烈，似乎就要将天上的星星湮灭。

我将车窗摇到底，迎面而来的冷风中弥漫着潮湿的气息。我闭上眼睛轻轻嗅，那是植被和泥土的味道。

那天晚上，我跟随佟诚回到他的公寓。突如其来的停电，似乎有意要将我们之间的暧昧充满。

于是，在泼墨一般的黑暗当中，我的直觉变得迟钝，不知该做些什么，呆呆坐在沙发上，将双手置于双膝之上。少顷，佟诚起身将蜡烛点燃，接着又紧挨我坐了下来。他随后分开我的双手，将一只茶杯塞入我的掌中。

他什么都不说，鼻息却朝我寸寸逼近。

我的悸动，我的忐忑，我的恐惧，以及我烧燃殆尽的理智，在他细密如落雨的亲吻中戛然而止。我看见窗外月明星稀，看见窗内光影流动……

就这样，我跟佟诚在一起了。我们本如同两条向未知无限延展的平行线，可命数使然，半路恰巧相逢。

在每一个舍不得闭眼的深夜，当我静静看向佟诚睡熟的侧脸，我觉得未来远在天边，却又那样唾手可得。

我甚至爱上了做饭洗碗，爱上了收拾房间，爱上了一饭一蔬带来的踏实感。每天傍晚，一张方桌两副碗筷，我常常扪心自问，这不就是我所期待的未来吗？

我沉浸在从少女变身妇人的喜悦当中，不可自拔，爱他越来越深。我将租来的巴掌大的小公寓布置得温馨无比。佟诚给了我一个家，我势必要将它变成了我们的乐土。

于是，在这般且行且乐的步调中，我们一起度过了三年。三年如糖，仅于一朝一暮。

大学毕业第一年，我两手空空初入社会。兴趣所趋，在一家独立杂志社做文编。幕后老板是位曾游学澳洲的富二代，可恨他生性文艺，不甘享乐于金山银山。老板身份神秘，以周游列国为己任，神龙见首不见尾，也就全凭三十出头的主编一手遮天。

工作之后的我，早出晚归，以汲取灵感为由随主编穿梭于大大小小的场合——鸡尾酒会、路边小摊，约会五花八门的匆匆过客，结识各路所谓翻手云覆手雨的业内牛人。我渐渐习惯了晚上七点出门凌晨归家，看尽这城市天光殆尽后的声色犬马。

而佟诚则不同，他按部就班地搞毕设、投简历，投到第五份，终于被一家规模不小的家族私企录取。之后的他，朝九晚五，兢兢业业，一心投身于实现自我价值的终生革命中。

其实我们从来都很明白，行走于这座城市，若想生活得稍微体面一些，就必须要付出庞大的代价。我们曾热衷于最最基本的欲望，热衷于彻底拥有彼此。我们渴望激情永不褪去，渴望意念永恒燃烧。

可如今，城市风暴将最初的憧憬吞噬，我们像是水滴入海，终于化作这城市间的两粒红尘。

渐渐地，我很少再与佟诚一起享用晚餐，每当他拖着一身疲惫推开家门，我往往不是在描唇画眉就是站在一堆香水前面挑挑选选。

功夫不负有心人。终于，我的事业逐步走向了风生水起。我所负责的杂志销量大增，线上产品也在业内迅速崭露头角。我活得张扬，活得猎猎生风，我以爱为靠山，在工作中披荆斩棘，俨然一位叱咤职场的女英雄！

殊不知，脚下是深渊，是湖面，是如履薄冰，是荆棘满路。

新季度，佟诚的公司照例招纳了一波实习生。听说其中最出色的一位，成了佟诚的得力助手。

搭档工作的第一天，佟诚兴致勃勃地跑回家。他换上拖鞋，一屁股坐进沙发，不自觉间将手中的易拉罐捏得"咔咔"作响。

他说那女孩儿叫"时苏莱"，名字还挺特别的……

可还没等他将整句话说完，我便搭着外套从卧室冲了出来。我提着花费半个小时才搭配好的高跟鞋，一面轻声道歉一面踮脚吻了他。

那之后，他又跟我提到过几次这个女孩，一次是在饭后，一次是在睡前，还有一次是在他驱车送我去合作公司主办的派对的高速路上。

他说那女孩挺有趣的，有梦想，有憧憬，没有野心勃勃，不懂精明算计，放眼望去犹如白纸一张，跟当年的我很像……

他说这话的时候，我正侧着脑袋，从后视镜望车外的城市暮色，我正欲开口问"为什么"，哪料他率先踩下刹车，接着轻轻说了句——"到了。"

我愣了一下，正欲上前索求一个久违的拥抱，哪知下一秒，手机却很不凑巧地响了起来。我接起电话，几句搪塞。是主编，她催促我尽快到位，主办方都已经入场了。

我将电话草草挂断，一边开车门一边扭头看佟诚的脸，城市霓虹在他微蹙的眉宇间投下忽明忽暗的光影，我突然觉得视线模糊，他仿佛身处地球的另一边……

那天晚上，我喝了很多，逢人就眉开眼笑，见人就举杯相邀，我洋酒啤酒混着喝，主编拦都拦不住。

我的口中寡淡无味，心内却是百味杂陈。

在某个突如其来的瞬间，我望向悬在半空的水晶吊灯，再看向窗外那排松树投下的列列倒影，突然觉得眼前的灯红酒绿很是无谓，全然比不上一顿家常便饭带来的安全感。

兴许是因为他的转变，又或许是我的转变。那一晚之后，我与佟诚之间仿佛齿轮松动了一颗螺丝钉，不再像从前那般严丝合缝、亲密无间。

佟诚好似有意回避我，他调整了作息，不再按时起床按时回家。我醒来的时候他已经洗漱完毕带上了房门，我下班回家的时候，他已入梦许久。而我，辗转反侧，醒来时，一错再错。

逢周末，我们不再一起逛公园跟超市，他只是默默地，毫无怨言地，径自将冰箱与储物柜填满。他的话语少得一如往昔，可这之中又蕴含了多少物换星移，我不清楚，也没勇气弄清楚。

我以为我们之间的停顿像是遭遇发烧或者感冒，是所有情侣都得度过的"疲惫期"。直到那天，在我跟闺密约会的那间港式茶餐厅，我推门而入的时候，正扭过头跟闺密聊得火热。闺密不经意环顾四周，笑容突然僵住。她的目光突然扫向我的脸，与此同时流露出些许难掩的惊恐。

我不明所以地看向她，欲问"怎么了？"不料她却下意识向门外退了几步。我一再追问，她咧咧嘴角，笑得生硬："人太多，不如去隔壁好了。"

这句话，似乎暗示着什么。

我举目四望，周三午后，空荡荡的大厅，客人只有寥寥三桌。附近两桌是面目陌生的年轻情侣，靠窗的那桌，那一桌……

我的目光狠狠怔住。闺密善于察言观色，看我脸色不对，用力将我推向门外。我跟跄了几步，随之稳住。

那是佟诚，他的对面，坐着一个腰肢纤细的年轻女孩。那女孩目光纯净，素面朝天，她举着一只鸡腿咯咯笑着，远远儿看过去，面目干净得如同白纸一般。

而坐在对面的佟诚，正微微仰头，嘴角挂着定格般的笑，沉默着，往她碟里夹胡萝卜跟青菜……

冥冥中，一个陌生的，恶意满盈的声音在我耳边煽风点火："那是苏莱。你看啊，她就是时苏莱。"

良久，我如梦初醒般，抻抻胳膊，一把将闺密推开八丈远。我一步一顿地走了上去，在那张桌子前站定，咬牙切齿的目光在他们之间徘徊。

我的愤怒，她的劝阻，他的讶然，还有她不明所以的委屈与惊慌失措……毫无意外地，我用盛气凌人的目光与犀利过激的言语将彼此的晚餐搞砸……

那天半夜，在我的誓死坚持之下，闺密将我送回了家。我推开大门，发现佟诚正坐在沙发上抽烟。他闻声，缓缓抬头，很是不屑地扫了我一眼，接着将目光撇向窗边。我静静走上前，忽而操起那只玻璃烟灰缸，砸向地面。

佟诚并未被我疯狂的举动惊住，他那副临危不惧的神态，英勇得像是战士预备浴血奋战一般。

"你有什么要对我说吗？"在抵死的沉默中，我苦苦逼问道。

"你都看见了，好像也没什么好说的。"他的手凌空一顿，接着将烟头在那叠厚厚的报纸上摁灭。

"难道就不解释一下吗？"

"你不相信我，或者连自己的双眼都不相信了吗？"

我似乎已经意识到了什么，向前一步是真相，向后一步是自欺。兴许是害怕遭受伤害，我自然屏蔽掉了对这句话最最真实的领悟。少顷，在撂下一句"你说什么，我听不懂"之后，我悻悻地，在他欲言又止的目光中落荒而逃。

就这样，我与佟诚在没有硝烟的冷战中熬过了半个月。形同白驹过隙的十五天，在我看来足足有半个世纪般漫长。

这段时间，我赌气搬去了闺密家，这期间，他的确打来了几个不痛不痒的慰问电话。其中一通竟是出自漫不经心的关照：你凌晨三点还在发朋友圈，以后要早睡，知道吗？

听到这句话的时候，我愣住了，四仰八叉地挺在床上全然不知该说些什么，等真的反应过来，电话已经挂断了。

原来冷战的这些天，我们并非全然音讯全无。

兴许是友谊可靠，宠溺过剩，我觉得自己患上了半身不遂，患上了肌无力。闺密嘴利心善，一面满心热忱地帮我擦眼泪，一面秉持一副恨铁不成钢的面孔训斥我没出息，怪我沉不住气。

她说兴许爱情是刺刀，男人是屠夫，可你呢？你本来应该是猛虎下山，可怎么就心甘情愿当骆驼呢？

本是同仇敌忾，哪料她的一番锋利言辞使我哭得更凶。

我抹着眼泪，反唇相讥。我说我天生沉不住气啊，我的心又不是冰山、不是秤砣，是水珠、是豆腐，砸下去碎成一地烂渣，再无恢复原貌的可能！

我循环发作的胡搅蛮缠跟痛不欲生，令闺密觉得一切安慰皆为惘然。她说人生要向前看啊，要向光明的地方看！

可是这场冷战似乎射伤了我眼中的太阳！没有佟诚，哪来的光明可言呢？

闺密看着我一副孺子不可教的模样，咬牙切齿地说道："疗情伤，时间跟新欢是良药，可时间眼看是来不及了，还是新欢更可靠。"她手忙脚乱地帮我物色各式各样的对象，层层筛选，就连街角开烟店的单身大叔跟卖奶茶的小哥都没放过。

可是我呢，有意瞪着一对死鱼眼，用作最最无声却也最最顽强的抵抗。

一个周六的傍晚，一周一度的"洗脑日"。我将桌上的日历从头翻到尾再从尾翻到头，意识全无，目光呆滞。我突然觉得恐惧，佟诚的沉默令我清楚地意识到，我们之间那点可怜的憎恨都快要偃旗息鼓了。

闺密往沙发上正襟危坐，神色飞舞，唇齿带风。她噼里啪啦地讲着些什么，无非是将那些陈词滥调的大道理正着说，反着说，举一反三着说，思维发散着说，她像是一具毫无生气可言的复读机，而我的思绪，早就飘到了外太空。

我面无表情地将闺密的数落一一听完，转身进卫生间，在马桶上蹲了漫长的半个小时，随着一阵抽水声，将自尊层层剥掉，统统留给了下水道。

没错，我决定率先妥协，找佟诚讲和。我不要再假装坚强！不要再用视而不见当作心碎的挡箭牌！我要求他回来，我要他回来，要他出现在我视线两米的范围内！我不要再打碎了牙齿往肚子里咽！

就这样，在泯灭不清的理智当中，我拨通了佟诚的电话。

响到第七声，他接起，轻轻"喂"了一声。凌晨一点半，他应该是在浴室，回音空洞，有哗哗的水声。

我正欲开口，哪料电话那头传来一声轻柔的"阿诚"。我们之间的空气瞬间凝固。思绪飘过万水千山，等我回过神来，话筒里徒留一串"嘟嘟嘟"

的忙音。

　　我深知自己面临着全线崩溃。我忍住眼泪，再一次播下那个号码。电话瞬间被接了起来。没有多余的问候，我迫不及待地说道："我想见你！佟诚，我要见你……"

　　片刻的沉默，他局促的呼吸随电话断线而消失。两分钟后，短信音"滴滴"响起，我翻开来看——"好。"

　　言简意赅，是他一贯的语气。

　　雨后的半山餐厅，人影稀落，有半道彩虹漫不经心地悬挂在空中。我秉持习惯要了气泡水，接着帮他叫了份绿茶。哪知就在服务员转身而去的瞬间，却被他一口叫住："绿茶就算了，换成白桃乌龙。"

　　我承认，这句话成功扼住了我的喉咙。

　　"你……不是一直喝绿茶吗？"兴许是直觉作祟，我隐隐意识到了什么，心跳加剧，语气随之变得急促，"你不是说绿茶防癌吗？不是说绿茶有助于消化吗？怎么……"

　　他半掀起眼帘，却不肯直视我的脸，接着缓缓道："人生，不应该只有一种选择。"他的语气沉缓，却力道十足。话罢，目光下陷，变得忐忑，他甚至调整了坐姿，回避起我的眼神来。我却不妥协，紧紧追击，直到他有些不耐地将脑袋扭向餐桌的另一边。

　　而就在这顿晚餐的末尾，佟诚跟我提出了分手。

　　"为什么？"

"心已经错位，没办法回头。大浪淘沙，一切都不可能挽留。难道你见过哪对行至穷途末路的情侣还能从头来过？"

我红着眼，却迫使眼泪没有掉下来。我将食物大口吞咽，毫无秩序地塞进胃里，仿佛这样便能治愈这场五雷轰顶般的失恋。

不记得是在哪一个午后，佟诚端着酒杯侧躺在躺椅上，将悬在半空的脚尖轻轻晃。兴许是酒劲上头，他的眼眶微微有些红。

他说，这世上没有甘心臣服于孤独的人，只有不想合群的人。

我一个鲤鱼打挺坐起身，一口酒气哈上他的脸，胡搅蛮缠地说道："你适合人群，我适合羊群。"

他神色一怔，皱着眉头呵呵直乐："是啊。有时候，人群还不如羊群呢！"

爱到撕心裂肺时，我们也曾不分黑白，脑中只有彼此；恨到咬牙切齿，又不禁幻想一场针锋相对的对决——血腥的、直接的、充满暴戾的拥抱，以及势必将对方撕碎于怀中的切齿之吻……

而当爱随平凡渐渐褪去，汹涌澎湃的情与欲偃旗息鼓，反倒是自己率先胆怯、愧疚于安全感匮乏的蠢蠢私心。

体验过了天上的飞行，回到地面，每走一步都是举步维艰。

为了让他记住我，我在他的心上刻画，用无可救药的泪水，用歇斯底里的尖叫，有时候，也会用委曲求全的目光以及乞哀告怜的微笑。

我画午夜里受惊的晚钟，画一支挂着鲜血的刺刀，画被折断的玫瑰，以及我们第一次约会时的场景——

那是在一个大雨攻城的午后，我丧气满满站在超市的屋檐下，无论从哪个角度看上去，都显得狼狈不堪。可他就不同了，他的眼神清冽，其中春光流动。目光相触的刹那，我突然叫出了他的名字——"佟诚！"

为了让我记住他，他屡屡在我的身体上留下印记，在我的心里铸造牢笼，像是豢养一只小狗或者蜥蜴，让我心甘情愿听命于他。

他喊"一"，我便俯首亲吻；他喊"二"，我便褪去衣衫；他喊"三"，我便开口描述未来的海枯石烂。我们曾经对彼此太过赤诚，无处可匿，也无须隐匿。

他明明就是一颗耀眼的小行星，就是那种在别人眼中暗淡在我眼中光芒万丈的小行星。在我孤独的宇宙里闪闪发光，任我旋转、跳跃，在未知中闭上双眼。

在每一个赤裸拥抱的夜晚，我们总是坦诚相待，也曾讨论过彼此占有的问题。佟诚说，爱是占有，恨是占有，拥抱是占有，争吵是占有，欲擒故纵是占有，缠绵悱恻亦是占有。暧昧是占有，放手是占有，却更是自我救赎。

我坐在空荡荡的车厢内，火车奔驰，放眼望，西北初冬的平原，苍凉广袤。黄昏时分，暮色四起。远处的云朵描绘出天际的轮廓，收割后的麦田一片凄清。

景色从窗前一幕幕掠过，生活的真相，自脑海一幕幕掠过。溪流、村庄、树影、沙石，还有他的身影。那些突然浮现在脑中的往事，令眼前的一切突然失去了生机。

我越来越清楚地意识到一个无争的事实——和他在一起的起因，是爱情。

鲁莽又直接，如果分开是注定，那么很高兴他勇敢做出决定。一起抽几根事后烟，甚至都不用说"再见"。

我将相册从包里取出，自掌中一页页翻过，看着此间的自己，慢慢从年少走向日暮。人生变化竟然如此之快，一些回忆来不及细想，眨眼间就成为了过去。

我记得我们很相爱，爱到吵起架来的时候恨不得杀了对方。

相识以来，我们对彼此说了太多次"我爱你"。有时候变换语气跟眼神，以各种热烈的、平和的方式。一直到……一直到我们对这句话产生彻底的免疫，甚至将此视为捆绑彼此的绳索、牢笼，视为出言不逊，亦或产生厌恶的情绪。

至于此，我已察觉，早晚有一天，他会头也不回推门而去。

我深知自己一直都不是那么幸运的人，投胎技术不够硬，绿茶瓶盖永远只能刮出"谢谢您"，喜欢的人总视我为无物，也不知道努力多久才能变成自己喜欢的样子。或许人生写到结尾，故事都终将平淡无趣。

可也兴许是平凡了太久，我最幸运的事情，就是遇见了佟诚。

当我再次回到这个地方，一切都未曾变动。他刮胡子的剃须刀，放旧领结的鞋盒，还有窗台上的仙人掌，它的一半已经枯萎了。曾经鲜活的一切依旧鲜活，唯有墙是冷的，我的心是冷的。剥去一层剥落的时光，他仿佛还在这里走动。

醒来时，已是薄暮蒙蒙。阴天，乌云压城城欲摧的黄昏。洗碗机还未停止工作，唱片机传来 Itzhak Perlman 的提琴声。我抬眼望窗外，晾衣杆上有两片纱帘，以及未来得及收的衣衫。我意识混沌，起身去厨房喝了冰水，站在空荡荡的房间里，在渐行渐远的时光之间，突然明白了什么叫作"置身事外"。

然后，我推开玻璃门，犹豫再三，抬脚踏进阳台。不知为何，在佟诚离开后的日子里，我硬着头皮鞭策自己保持前行，可再简单不过的动作，每走一步便举步维艰。

我举头望窗外，万人如海，我自孤单。

在某个突如其来的瞬间，我仿佛幡然醒悟——在我因为丁点儿蛛丝马迹便不遗余力向他苦苦逼问的时候；在我因为一点点不足挂齿的琐事而神经发作歇斯底里的时候；在我一次又一次丢弃可怜的自尊，跪在他的脚边摇尾乞怜的时候，我们之间的爱情就已经走向了尾声。他成了我放大镜下的一枚细针，成了空穴来风的一粒微尘……

也是行至故事的末尾，我才终于明白，这世界上的伤感太多，就算我的眼泪落尽，也不过是沧海一粟。

现在的我，过得还不错。

白天上班，傍晚健身，生活规律，偶尔忙得不可开交。我一遍又一遍告诉自己，要接受这世上突如其来的获得与失去——洒了的咖啡、弄丢的钱包、散场的爱人、遗失的挚友……你唯一能做的，无非是让自己活得更茂盛一些，学会为自己遮风挡雨，学会做自己的铜墙铁壁。而那些丢了的，就丢了吧，别再心酸，也别再哭泣。

在成长的过程中，我越来越羡慕那些未经世事的年轻人们，他们天真，热血，喜怒哀乐常言于表，就连犯错都显得坦然又赤诚。他们开心的时候昂首大笑，不开心的时候大不了就痛快地哭一场。

可是我呢？长大的这些年，我学会了精明、聪明，学会了欲拒还迎，学会了逢场作戏，甚至练就了一身披风挂尘、游刃有余的旷世本领，可就在某个万籁俱寂的深夜，当我卸下一身面具与铠甲，这才发现，那种毫无企图的、无须利益置换的坦诚与善良才是成人世界里千载难逢的东西。

与佟诚最最相爱的那段时间里，我们也曾说过一些没头没脑的玩笑话。

我说："如果未来的某一天，你置身于亲朋的祝福声中，身侧的新娘却不是我，结婚时一定寄给我一张请柬。因为我想摸摸新娘的裙子，然后笑着告诉她，你穿婚纱的样子真丑！"

他轻轻一笑没说话，却用温柔的目光责备了我。

可是时至今日，当他们携手出现在我的面前，千言万语唯有一句说不出口的祝福送上——愿你们有情人，终成眷属。

愿你野心勃勃，来势汹汹，一生都犹如困兽之斗。

愿所有在感情道路上披荆斩棘的你，能够继续好好儿地欢呼、落泪，爱是携手一路仁至义尽，行至穷途也望你一生平安喜乐。

行至陌路，忽而领悟——前人旧事一杯酒，令人想念，总比念念不忘的好。

///
来自 3.8 维的男朋友

因为爱情，世上所有的错失良机、失之交臂、情非得已，
统统会在你满腔孤勇、披荆斩棘的无畏追逐中跨山跨水、不期而遇。

小艾是春秋十几年的好朋友，一个潇洒地辞掉建筑设计事务所工作，毅然决然做起独立厨子的有志青年。

　　之所以称他为厨子，是因为他尚未到达厨师的水准，也或许这辈子也都达不到了。

　　小艾学过建筑，留过长发，唱过歌，写过诗，录过电台，现在是一名独辟蹊径的厨子。他一天做一餐，一餐六份饭，非常巧合地，都被美女学妹们订到了。

　　原来他是一个胖子，也瘦过，只是现在又胖了。

　　春秋和小艾算是老相识，小学、中学，有一阵子每天混在一起。那时候年纪小，几个人买瓶果啤还要偷偷摸摸跑到离家挺远的江边才敢打开。

　　春秋一直喜欢写作，后来成了小有名气的科幻类作家；小艾一直喜欢美食，后来成了"胖"若两人的厨子。

大二上完之后，春秋退学出国深造，两人就很少见面了。而小艾从西安考到厦门，后来又举家搬迁到成都。印象中也草草见过几回，可八成是偶遇，还有一成都是群约。

最郑重的一次见面是在成都宽窄巷背后一家人气火爆的苍蝇小馆，热闹嘈杂，食客来自三教九流。

彼时，春秋还在念大学，课余时间刚出版自己的第一本书，小艾则在学海中没日没夜地苦苦挣扎，画着永远无法令甲方满意的设计图。

那间餐馆叫什么，春秋记不起来了，或许是因为名字过于平庸，"王老幺"、"李老幺"或者"张老幺"，从来就没人弄清楚过；也或许它根本就没有名字，人气和坐标就是它的代号。

那次春秋也不算是专程赴约，她只是趁着暑假去成都和某个素未谋面却相谈甚欢的图书编辑见面。能够和小艾取得联系，也算是歪打正着。

春秋和编辑在宽窄巷尾一家诗人开的小酒吧见面，聊了天南地北，聊了合作事宜。

巷外八百米处的小馆生意兴隆，五点半开门，小艾下午三点赶去排座儿。待春秋五点十分走到店门口的时候，眼前俨然一条长龙，狭窄的人行道被堵得水泄不通。春秋在人群前端找到小艾的身影，手舞足蹈地打了招呼。小艾还没来得及施展他久别重逢的拥抱，只听身后"哗啦"一声响，卷闸门被整个拉起，与此同时，几个身板儿瘦弱的姑娘以迅雷不及掩耳之势一头扎进去，相继占得临街的几个座位。

小艾凭借虚胖的身躯，好不容易抢到靠角落的桌子，他一边扯过卷纸清理油腻腻的矮板凳，一面冲春秋咧开一个很是夸张的笑。他说："不枉我提前俩小时排队，贵宾级街景座儿。不能预订，一般抢不到，今天全凭运气好。"

春秋呵呵一乐，眼看着一辆卖冰粉儿的三轮车一闪而过，几步颠簸，最终停靠在不远处的街角。她跳着闹着要去买冰粉，还没等小艾吱声便一把拽过环保袋。

待她抱着两只脸大的纸碗出现在小艾面前的时候，菜都已经上齐了。

春秋看着架在矮桌中间的不锈钢麻辣烫罐儿，再看看四周星罗棋布的各式凉菜，仔仔细细数了两遍，一共十一碟。她暗自吞了吞口水止不住感叹："全都是我爱吃的，艾爷，你这是能看穿我的心思吗？"

"我是看不穿你的心，但能看穿你的胃！春秋，你也太低估我对你的了解了。"小艾淡淡地接过话，伸手从邻桌拿过双一次性筷子掰开两半，用纸巾搓了搓，率先递到给春秋，接着自己才又拿来一双。

其实春秋不知道，哪里是什么看心看胃，小艾又不是透视眼，他不过是将菜单从头到尾点了个遍。

春秋捧着一只麻辣兔头啃得正香，小艾看似随意地问了句："春秋，你在国外这两年，有人追吗？"

"没有啊，我妈快愁死了！"她皱了皱眉头，丝毫没有停下口中的动作。

"那你看……我追你怎么样？"小艾弱弱地问道。

春秋听罢，当即被呛得眼泪直流，伸手端过小艾的小木屋连灌几口，接着仰天大笑起来。

她说："别逗了，咱俩可是远隔十万八千里的好基友，埋伏在你身边的那些学姐学妹不好追吗？"

小艾红着脸，端起一碗脑花跟着"呵呵呵"。吃了几口，又犹犹豫豫地放下，刚想把方才只说了半截儿的话给补上，不料没来得及抬头，只听身后一声巨响。

眨眼间的四目相对，紧接着他们不约而同转身去看，恰巧目睹了三岔路口发生的一场交通事故。

自打相识那天开始，小艾一直站在春秋的影子里扮演着"灭火员"的角色。春秋有事儿没事儿就找他的"麻烦"，小艾堂堂七尺好男儿，估计这世界上也只有春秋使唤得动他。

上中学那会儿，冬天早上七点早读，她要他骑车四十分钟到东关买油条和豆浆，夏天的中午就一个半小时休息，她要他跑去南门儿买奶茶。

就因为春秋的一句"I want……"小艾心甘情愿窜遍大街小巷。偶遇小伙伴调侃儿，小艾脸皮薄，面子上过不去，就借口说都是顺路。

一句不经意的"顺路"，引起更深入的调侃——"城北到城西叫顺路？东关到南门儿叫顺路？骗鬼呢！哥们儿，你也就是忽悠忽悠你自己吧。"

小艾钢笔字儿写得好，写过的作业扎眼儿一看都跟艺术品似的，正确率也很高。因此春秋经常借他的作业抄。

考试那段时间，课业很紧卷子很多，小艾写数学的时候春秋抄生物，小艾写物理的时候春秋抄数学。就这么循环往复地抄抄抄，不知不觉便抄完了一整个青春。

有次物理作业，小艾写得有些潦草。晚自习，春秋坐在他隔壁"咯噔咯噔"地啃着一支棒棒糖，与此同时问了他无数个问题："这个字儿是什么？那个字儿呢？这笔是'一点儿'还是'一捺'啊？这是大写的 z 吗？"

一节课问下来，小艾有些恼火，趁着课间警告春秋。他说："你就别再问了，反正说了你也听不明白！你老撞我胳膊我怎么好好儿写啊？我不好好写，你拿什么抄啊？我那一笔怎么挽你就跟着怎么挽呗，照猫画虎会吗？"

春秋听罢，持宽容的态度深表理解，她觉得小艾勤勤恳恳赶作业好像也没什么不对的。

结果隔天早上春秋被老师叫去办公室训话，理由是：不写可以，不会也情有可原，但得过且过鬼画符就是错！

春秋被骂得狗血淋头一通，挂着一张哀怨脸回到座位。她狠狠瞪了小艾一眼，随之趴在课桌上号啕大哭。小艾花了两个课间才弄清楚缘由，主动跟春秋道歉，一上来，二话不说先递给了她一大袋塑料袋的可比克和奥利奥。

春秋将脑袋伸进塑料袋仔细翻了一遍，瞬间眉开眼笑，她说："都是我爱吃的，这次就原谅你了！"

小艾一听，手舞足蹈起来。

中学毕业，他们天各一方。

春秋没出国之前，在西安读新闻。小艾则是在厦门读建筑。

但凡公休三天以上的节假日，小艾保准连夜买张票往西安跑。下了火车，就在春秋大学附近订一间便宜的黑猫旅舍，然后一个电话将她唤出来，带她去回民街转着圈儿地吃早餐、中餐、晚餐以及夜宵。

不仅陪吃陪喝，小艾还发展成了春秋的远程临时取款机。

比如春秋上半月为买零食和喜欢的鞋子一不小心消费过度，小艾便毫无条件地借钱给她作为下半月的生活费；比如春秋半夜三更随口说句想吃粉巷的麻辣烫，小艾一个长途电话帮她把外卖叫到宿舍；最过分就是在肥皂剧里看到异国美食的时候，大街小巷逛遍了哪哪儿都买不到，小艾只好系上围裙自主研发。

小艾也喜欢美食，自然积极到不行。

后来春秋出了国，没人催促小艾开发美食了，可他早已产生了行为惯性，硬是停不下来。他研制出越来越多的拿手菜，一个人吃不完就分给同系的学姐学妹们，学姐要以身相许，学妹要约他出去，小艾屡屡回绝。

没过多久，小艾开始兼职创业，开了间宿舍式厨房，名叫"三餐"。他一周做三次便当，送餐上门，份量有限，配图发文到朋友圈，越来越多的年轻人慕名而来。

小艾最近一次见春秋，是在七月中。春秋回国参与新书制作，接到小艾的电话，说一群老同学约出去坐坐。

那是几个为数不多的可以聊得轻松的朋友，他们吃了火锅，换了三个场地忆苦思甜。

聚会的末尾只剩下春秋和小艾两个人，将近晚上十点，他俩一鼓作气，将河边新开的几间咖啡馆坐了个遍。

分别的时候，小艾看着不远处的河风拂柳，握了一下春秋的手，有点儿动情地说："春秋，我真的真的喜欢了你好多年，是不是因为咱俩认识时间太长你没发现？或者，你是不是也有一点点喜欢我？"

春秋本能地望向他，四目相对之间有尴尬的气流划过。她小心翼翼地抽回手，沉默了一下，随即又恢复到了平日里嘻嘻哈哈的常态。

她说："艾爷，我们一直在分别，从西安到成都，从厦门到欧洲。别人是越走越近，咱俩越离越远。而且认识十几年，你又不是不知道，我这个人哪，生来一颗躁动的心，就喜欢不切实际的追风的感觉。"

小艾的目光随即黯淡下来。他冲着远处霓虹的方向轻轻叹，是啊，这不就是春秋吗？她从来都喜欢踮脚去够枝头上的苹果，然而自己却是一棵从始至终盘踞在她脚边，春风吹又生的绿草。她不喜欢低头看，所以自己自然而然被忽略。可换句话说，这不就是自己被她深深吸引的原因吗？

如此想来，好像也没什么值得难过的。

就这样，春秋回到布拉格，小艾则不声不响地留在了厦门。

一次深夜的聚会，春秋认识了来自 3.8 维空间的男孩，他有个和身份一样特别的名字——慕唯。

那天是朋友芄芄婚礼前夜的单身派对，慕唯恰巧也是参与者中的一位。春秋喝到微醺，被慕唯一番"我来自 3.8 维时空"的言论降服住。

她指着他过分冷静的面孔咯咯笑："先生，这种搭讪方式未免太老套了！"

　　慕唯轻轻夺过她的酒杯，眼神温柔地说："你喝多了。我是认真的。"

　　派对过后，直到主角和客人们纷纷离场。慕唯拉春秋在吧台旁的皮沙发上坐下来，递给她一杯清水。春秋一脸茫然，正欲开口，没等她发问，慕唯便抢先一步回答说："因为我是这间酒馆的老板。"

　　在自己的世界里，春秋每天准时去学校上课，课后在博物馆上班，与同事愉快地聊着八卦，受到来自世界各地游客小小的骚扰，在积着椴树花的广场上为一个个擦肩而过的陌生人指路。

　　在慕唯的世界里，他睡醒去酒馆看人来人往，夜晚习惯蜷缩在浴缸里，房间里一片寂静，月光透过窗帘却怎么都照不亮四下无人的夜。

　　再平庸不过的日常，来来回回，反反复复。越来越多的孤独占据着独处的时间。突然有一天醒来，他们彼此惊异地发现，身边温柔地坐着另一个人。

　　不久后的一个凌晨，春秋于梦醒时分接到小艾的越洋电话。他跟她说梦见她有男朋友了，比他矮，短发，挺成熟的。

　　春秋一惊，张开眼睛，问他："那你对他说了什么呢？"

　　小艾沉默了一下，回答说："我叮嘱那个人，要好好照顾你。"

　　春秋跟着沉默了。不知怎么了，她的眼前浮现出一个清晰的轮廓。

　　是慕唯。

　　"睡不着。"

　　发完这条消息三小时后，春秋成了慕唯的女朋友。

他隔着高高的窗台打了通电话，将辗转难眠的她叫出了公寓楼，问她："去酒吧还是去我家？"

"想吃越南米粉。"她脱口而出，仰起头，眼巴巴地望着他。

慕唯皱了皱眉头，但还是立马将春秋拎上车，直奔东郊"越南村"的米粉店。一整天没吃东西的春秋，一脸生无可恋的春秋，一直以"矜持"作为人生基本语法的春秋，在一碗热腾腾的螺蛳粉面前现了原形。

她大口嚼着薄荷菜和田螺，感激涕零地道谢。吃了几口又突然停下，抬起头问他："你怎么不吃？"

慕唯顿了顿，喝了一口茉莉茶，又望着她说："钱包落在酒馆了，身上只剩下这点儿钱。"

春秋差点儿噎住，吸了吸鼻涕："哥哥，我身无分文，手无寸铁，你若不嫌弃，我只剩下以身相许了。"

"成交。"慕唯眼睛一亮，瞬间笑开了花。

腾腾雾气里，春秋眯起眼睛，看着杂乱的店铺，然后抓起一大块油条送到慕唯的嘴边，两个人瞬间沉浸在那种蓬松酥软的错觉里……

慕唯来自 3.8 维世界，这个春秋早就已经知道了，早在芫芫单身派对结束后的那个周末，早在他邀请她去山顶吹风时短暂而热烈地握了握她的手掌的时候。

那之后，她用了整整三个多星期的时间平复自己内心的惊异、不解和疑惑，可终究还是理智满满地说服了自己。

慕唯风度翩翩，神秘而莫测，善于夜间飞行，眼中藏着和别人不一样的人间烟火。

　　而春秋真正相信他的来历，是他坐在餐桌前用目光打开一瓶香槟、切开一块羊排，以及凭空出现在她面前的时候。那天晚上，慕唯带春秋到达自己隐秘的山顶小屋，春秋从窗户向外望，整个山坡散发着淡紫色的静谧的光。

　　慕唯熬制了好喝的 3.8 维迷迭香酒，他们一边喝酒一边畅聊世界，后来，他们翻滚着，在浴缸里做了场划破空间的爱。

　　洗完澡，慕唯用手指点亮蜡烛，整个屋子瞬间暖光四射灯火通明。

　　春秋抱着猫，向慕唯发问，3.8 维到底是怎样的概念？

　　慕唯笑了笑，没有直接回答。他从她手上接过猫，转身将一只苹果塞给她，言语轻巧地打了一个比方。

　　他对她解释说：“一只蚂蚁在一张纸上行走，它只能向右或向左，向前或向后走。对它来说高与低均无意义，因为蚂蚁是二维空间的认知者。这就是说，第 3 维的空间是存在的，但没有被蚂蚁所认识。同样，人类所感知的世界是由 4 维构成的（3 个空间维，1 个时间维），但人们无法觉察到其他所有的维。根据人类物理学家的看法，还应该有 7 个维的空间。尽管有这么多的维，但这些维是无法感知的，它们自身卷在了一起，被称为‘压缩的维’。

　　“你们所生活的世界，是三维的立体时空，而蚂蚁的世界是平面，如果它搬着食物行走，突然有人将食物从头上拿开，它会觉得这是一次灵异事件。就好比刚刚你看我徒手点蜡烛，瞬间移动，你也会觉得这是灵异事件咯。”

　　春秋迷迷糊糊地听着，一副半信半疑的样子。可当她想到他刚刚徒手切羊排的场景，眉眼之间的浓云渐渐散开，忍不住点了点头。

　　慕唯停下来，拍了拍她的肩膀，说："总之，这个宇宙存在着各种各样的维度，存在着各式形态的个体，我们不过是上帝制造的一道公式里的演算品。那些看不到的不代表不存在，存在的也并非永恒。"

　　春秋稀里糊涂地听着，温柔打断他的话，并报之以抱歉的微笑："如果像你说的，你真的来自另一个维度，那为什么我能看见你呢？"

　　慕唯正了神色，郑重其事地回答说："从理论上简单解释就是，3.8维的我们能够随意进入任意维度更低的空间，只要我们愿意，低维度的生物们便能够察觉；若讲得浪漫一些，那是因为你愿意相信，因为你对这世界充满了好奇，因为我想被你看见！"

　　从那天开始，慕唯成了春秋真实无比的爱情神话，而透明的浴缸变成了她隐秘而固若金汤的辉煌城堡。

　　春秋和慕唯在一起了，这成为了他们之间的秘密，成了两个维度之间的秘密。他带她走进一座崭新的世界，展示给她与从前截然不同的生存方式。

　　在接下来的一段时间里，他们相互扶持着走了一段路，过着新奇的生活，跳舞、大笑、飞翔、社交，她在他的怀里肆意奔跑，在他的背上飞檐走壁，仅仅是在某个灯红酒绿的间隙，溺于沉默。

　　白天，他们和所有普普通通的年轻情侣们一样各行其是，下班去逛街，去购物，吃廉价的米粉和泰国菜，偶尔坐在昂贵日料店狭窄的榻榻米上喝一壶梅酒。周末，两人就手牵手漫无目地晃晃悠悠，在人群拥挤的广场上十指紧扣，过着稀松平常的生活。

一旦到了日光落尽之际，春秋便身披一身奇异，徒手走入三维时空不为人知的另一面。慕唯的猫咪会说话，门前的路面会发光，高脚杯里会自动斟满酒水，慕唯则像国王一般，坐在客厅的躺椅上轻挥手臂指点江山。

兴致昂扬的时候，他会背她飞上宽阔的屋顶。他轻轻扭头余光一瞥，眼下覆满绿草的山坡即刻转换成一片火光点点的平面宇宙。

慕唯递给春秋一个苹果，悉心指给她，哪里是自己的家乡，哪里是穿越维度的道路，哪里是他曾经踏足过的土地，哪里是 3.8 维以及人类的禁区。

每每夜深人静，慕唯载着春秋在城市上空游荡，仿佛整个世界只有他们两个。他们掠过一座座午夜的阳台，夜幕上映，看尽人间闹剧。

春秋觉得自己一定是疯了。可当慕唯熔岩一般热烈的吻顺着命运的脉络，落在她的额头、脸颊、嘴唇、颈间的时候，春秋清楚地意识到，兴许自己被命运选中，精准无误地落入了现实的骗局，可眼前所经历的一切都是真实无妄的。

这样的日子持续了十个月之久，春秋眼中一切新奇的事物渐渐平凡而麻木。

有天休假，春秋去酒馆找慕唯。看他不在，便向柜台后一个伙计打听。询问再三，伙计说他去了马克西姆大街南侧的"花枝"书店。春秋本来是想一通电话叫他回来的，可转念一想，不如突然出现在他身后，给他个惊喜，让他知道三维空间也有所谓的"魔法"。

当她乘有轨电车"叮叮当当"来到那间书店，她先是站在橱窗外面向里

望。四十年代的装修风格，泛黄的书页，橡木扶梯，无一不散发着古色古香
的气息。

一次漫不经心的张望，她对这间书店好感倍增。她轻轻伸手掌抵住玻璃，
店门很容易便被推开。地毯正上方的风铃发出"叮叮咚咚"的声响，紧接着，
一个面目陌生的女孩出现在了书店一角。春秋正想上前打招呼，一个熟悉的
声音想起，那声音低低的，更像是窃窃私语。

他说："亲爱的，有客人吗？"

话音未落，门帘被翻起，慕唯的身影准确无误撞入春秋眼中，他站在那
女孩儿的斜后方，上颚微微张开，眼神停顿，身体明显僵住。

春秋显然是想要表达些什么的，上前撂下一段毫无礼貌可言的脏话，
或者问问他知不知道自己在做些什么。可话到嘴边，突然语塞。她的脑中
一遍遍回放着他方才的那句话。千思万绪通通集中在慕唯诚实而精准的措
辞上——

他用的应该是"Darling"，而不是"Dear"吧。

久久地，他们谁都没有轻易上前。屏息凝神之间，春秋突然冲上去拽住
慕唯的领子用力摇晃，口中一遍又一遍地重复着："我看到的是真的吗？还
是幻觉？告诉我，发生了什么？你为什么要这样做？"

慕唯眼睁睁地看着她却不回答。

春秋绝望地环顾四周，而后转身跑开。一直跑到街道的尽头她才停下脚
步回头看，果然，慕唯没有追过来。

慕唯告诉春秋自己的来路，却向她隐瞒了另维空间的爱情法则。3.8 维

的爱情是注定了的南柯一梦，规则是有失有得，一切平等。

春秋坐在河心的小岛上，看夜雾渐长铺满水面。她伤心欲绝，奈何自己落入了一个巨大的谎言。可是为什么？这一切都并非空穴来风！

春秋突然想起来，在派对那晚，她亲口问过慕唯为什么选择在自己的世界里降落。当时，她的确喝得有些多，慕唯则笑眼半眯地对她说："在 3.8 维的世界里，爱情是血液，我们必须通过不断地汲取爱来维持生命。因此你被选中了，这应该就是人们口中所讲的命中注定。"

多幸运啊！春秋暗暗揣测：无论真假与否，无论暂时还是永久，至少此时此刻，自己是他赖以生存的基本！对她来说，这就足够了。

然而此时此刻身临此情此景，春秋才明白，原来 3.8 维世界的好山好水好温柔并非唾手可得，而是用长久的安稳换取一时的海誓山盟。

可反过来想想，这不就是她爱上慕唯的原因吗？因为他的捉摸不定，他的变化莫测，因为他来自一个无比虚幻的国度，因为她永远弄不清他是如何出现在自己眼前，又会在未来的哪天不发一言扭头便走。就这样，他时时刻刻攥着她的心脏，令她忐忑，令她上瘾，令她欲罢不能。

虽然春秋喜欢一阵风过的快感，却更希望慕唯能够在自己的世界中就此驻足，不再奔赴下一段新鲜的追逐。

可这世界上有太多太多的事情是无法被阻止的，比如时光的逝去，比如阳光普照大地，比如空气的川流不息，再比如贯穿慕唯生命始终的心猿意马。

那件事终究还是发生了。虽然春秋不愿相信，可慕唯还是衣袖都来不及挥便凭空消失了。

那天早上，春秋去那家酒馆找他。酒馆显然还没到营业时间，却见一个面目陌生的年轻人坐在窗边抽烟。

春秋愣了愣，走上前去询问老板的去向，不料男孩笑着回答道："我就是老板啊！"

春秋被惊得够呛："你？！！"

"我就是老板，对了，这间店上个周被我盘下来了。你也是老板的朋友吗？早上有好几个自称老板朋友的女孩都来问过了。"

"好几个女孩……"春秋的思绪忍不住被钉在了那句话上。

男孩见她不接话，继续说着："不过好奇怪，之前的主人连支票都没收下就杳无音讯了。如果你再遇见他，能帮我提醒他……"

男孩儿再说了什么，春秋通通都听不见了。她的大脑被浓重的烟雾充满，耳边传来单调而骇人的轰鸣声，她脚踝一软，觉得自己像是被塞进了一只真空的橡胶球，无助感如荒草丛生。

春秋拖着一身疲惫回到家，想要洗把脸，不料却站在镜子前面泣不成声。哭了好一会儿，她才拿出手机，翻开通讯录，虽然删了慕唯的号码，可那串数字却记忆犹新。

良久，她摁下通话键，一秒、两秒、三秒……接着那边传来冰冷而机械的声响："对不起，您拨打的电话是空号……"

在过去的 73 小时中，同样是这段话，春秋听了上百次。虽说做足了心理准备，结果了然于心，可这冰凉透顶的声音依旧能使她泪流满面。

二十多分钟后，她从卫生间飘出来，泡了绿茶趴在窗台上看夜色，想诉说，于是拨通了小艾的电话。那时候是北京时间的凌晨四点钟，不料电话刚响了两声就被接了起来。

没等春秋说话，小艾脱口而出："春秋？"

春秋被吓了一跳，张口就问："你还没睡吗？怎么这么快就接了？"

小艾睡眼稀松地回答说："这个时间，又是无号码显示，不是你还能是谁啊？

"对了，前几天给你买了麻辣泥鳅，鸡公煲，还有花椒、辣椒各种调料，周末正准备寄出去呢，差点儿忘了问，火锅底料你那儿还有没有？"

再平常不过的一句话，春秋听后，竟撂下电话捂住脑袋号啕大哭起来。

春秋在小艾的世界里存在了十几年，她却没意识到；小艾在春秋的阴影里守候了十几年，她习以为常。他们一起看王家卫，一起看李安，一起读卡夫卡，一起读雷蒙德卡佛，一起看了两百部电影，就算是身处地北天南，隔着江山湖海。

他们一起品茶，一起酩酊，一起失眠，一起唱K……他变得爱吃抹茶爱吃榴梿，她对川菜越发情有独钟。从前，他是个怀揣诗与远方的文艺花美男，为了她，他变成了个甘愿接受平凡生活的脚踏实地的普通人。

有时候，小艾觉得春秋像是自己嘴里的一块口腔溃疡，强忍疼痛咬破它，心里想着痛过就好，哪知第二天更痛。

小艾想知道的是，自己与春秋之间是否真的能够互相懂得。不是包容，不是照看，也不是退让或者一味的宠爱，而是懂得。像解一道数学题那样，经过曲折和明暗，看清一个人的内心，如果不能，好像也没什么，生活中确实有很多不如意的时候。

春秋回国那天，小艾去双流机场接她。碰面的一刻，春秋没忍住，突然冲上前去给了小艾一个巨大无比的拥抱。

小艾虎躯一震，大半杯咖啡洒在手背上，烫得他龇牙咧嘴。

回酒店好好梳洗了一番，春秋提议说去春熙路一家新开的馆子，网上很多人推荐，评分很高。小艾腼腆一笑，说："改天吧！晚饭我早都已经准备好了！"

春秋随小艾回到公寓，小艾拿日式小壶给她泡了绿茶，帮春秋斟好，自己转身进厨房。

过了好一会儿，小艾探出脑袋唤春秋吃饭，春秋放下茶杯进厨房，被一桌色泽鲜润的食物惊得瞠目结舌："你把一整条街的外卖都叫回来了吗？这么丰盛！我去的是欧洲，又不是外太空，怕我在国外饿坏不成？"

"哪里有色香味俱全的外卖？这都是你出国这几年，我一月一道研制出来的。比如这道，看似咖喱，其实是椰浆；这道，看似辣椒，其实是红糖……来来来，快尝一口！"

春秋将一块儿红烧肉放入口中轻轻抿，味蕾瞬间绽放，跟着就红了眼眶。

小艾江湖人称"艾半斤"，一直保有"能喝半斤喝一斤，党和人民都放心"的信念。那天晚上，他高兴无比，把酒对月，自然喝到尽兴。

后半夜，夜色撩人。时差还没调整过来的春秋在窄窄的小床上辗转难眠。她打开电视机，将频道从头到尾草草翻了一遍就又关掉。后来，她干脆起身拉开一罐啤酒，抱臂站在窗前。从这里向外望，能看见被酒店楼角遮去大半的霓虹灯招牌，以及城市深处燃烧殆尽的万家灯火。

在某一个瞬间，春秋清醒无比。她终于清楚地意识到，只有在非常非常年轻的时候，人们才敢无比热烈地去喝酒，去跳舞，去放声大笑，去说走就走。不明世事错综，方能挥霍无度、透支自我；方能用尽全力地感受占有与被占有，咬牙切齿地讲述悲欢与离合。

在热血蓬勃的青春里，每一个动作都全神贯注，每一次前行都义无反顾，无论爱或恨、拥抱或推搡，还是计较或宽容。

后来，斗志磨损，热情凝滞，心怀"走便挥手"的痛快，方得知，喧嚣始于沉寂而归于沉寂，尘终归于尘，土终归于土。

这是二十六岁的最后一晚。酒劲上头，整个世界睡意蒙眬。冥冥之中，放在枕边的手机响了两声。春秋睡眼稀松翻开去看，那串久违了的号码在屏幕正上方一笑而过——

"春秋，圣诞快乐。"

失忆少女勇闯布拉格

在热血蓬勃的青春里，每一个动作都全神贯注，
每一次前行都义无反顾。

这件改变我命运轨迹的事儿，发生在星期二早上。

当我张开眼睛的时候，天已经亮了。通过镶在天花板上的镜子，我发现自己正躺在一张陌生的波西米亚式双人床上。衣服七零八落散乱在一边，毯子上的流苏被踢得乱七八糟，并且……我的"熊出没"Bra已经滑到了膝盖处。

我屏息凝神地感受了一下，做梦吗？不然场景怎会如此逼真？接着，不遗余力地朝着大腿一顿狂掐，上窜的疼痛差点儿让我跳上窗台。抬头看时钟，2014年6月3日。

在冷静与焦灼对抗了整整八分钟之后，我得出结论——我失忆了。最重要的是，对整个世界充满陌生感的我，竟然被扔到了异国他乡。当我拉开窗帘看到对面的城堡和脚下的伏尔塔瓦河，才发现自己正身处波西米亚之心——布拉格。

面对眼前的大好河山，我都快哭出来了。在床上莫名其妙地坐了好一会儿，我胆战心惊地去翻背包，好在手机、钱夹、护照一应俱全，行李箱就立在门边，我输了三道密码才将它打开，里面。整齐摆放着几套当季的衣物、彩虹小内内、洗漱用品，连我常用牌子的姨妈巾都不缺。

比起被绑架，这更像是一场早有预谋的旅行。

我疯一样跑去前台确认，在监控录像里竟看见了自己两天前单枪匹马前来入住的身影。我被这扑朔迷离的剧情搞得好惊讶，跑回房间，冲了冷水澡，在镜子前使劲儿拍打自己的脸，心里念着"醒醒醒醒"……一番惨无人道的自虐后，我做出了最终审判——不是做梦，不是穿越，是失忆。

半日蹉跎，我被折腾得精疲力竭。转念一想，兴许是命运之神给我量身定制的疯狂安排。既来之则安之，已然如此，不如就留在这霍霍洋江湖闯荡一番。

我拿起床头的旅游指南，挑了最有名的那家餐馆。喝了一顿大酒，看广场上人山人海，末了，又顺道蹦了个迪。从酒吧出来，站在查理桥中央望城堡山，我被耳目一新的美景迷得天花乱坠，一咬牙，最终决定留下来。

回到酒店，我上网查看签证和银行卡。寥寥无几的数位告诉我，再这么住下去只能等着被遣送回国了。

于是，在前台小姐的帮助下，我就近办了张电话卡，接着上网找起了房子。好不容易翻到一条条件适宜的招租启事——"原室友去圣托里尼度假了，房屋短租一个月。"

其中的一句话射中了我："审美需求，欢迎地球美少女入住。"我低头看了自己胸前的驼峰，事态紧急，没多想，自信满满地联系了室友。

室友是学油画的，二十多岁，穿窄腿裤和马丁靴，头上扣着顶毛线帽。要不说人家是艺术家，炎炎六月毛线帽，逼格颇高。

他一上来就伸手和我问好："嘿！，我叫 Tomi，很高兴认识你！"那语调、动作，结合到一起像沙漠中一条热情的仙人掌。对方屁颠儿屁颠儿的样子，搞得我也好生欢乐，一个没忍住，当场便与他签订了有限期合同。

等到我安稳住下，桌椅都按自己的喜好摆好，才发现原来 Tomi 是个"取向不明型"人种。他出门画眼线，进门换一身儿粉嫩粉嫩的 Hello Kitty，睡前要敷面膜，起床后要拍大半瓶黄瓜水。

当我看到比自己的大至少三码的粉红小内内满浴室飞的时候，我用"安全感"作为理由迫使自己忍下了。不愧是花花布拉格，房子能租成这样，也算是门艺术。

Tomi 有个习惯，只要洗澡就得刮腿毛，他解释说这叫轻微强迫症，艺术家多少都会有的。有一次实在没得刮，他把自己两条眉毛给刮豁了。结果借我眉笔画了整整半个月，就此，我们结下了挺深厚的友谊。

粉红小内内可以忍，可另外一件事儿就不能忍了。除了刮毛，Tomi 还喜欢画人体。他常常把自己关在隔壁的画室里，听令人窒息的摇滚，一待就是一整个晚上。

后来有一次，他居然将我拦在了浴室门外，要我洗白白脱光光给他画。

当时，Tomi 的语调特别无辜又语重心长："我是搞艺术的，一切行为都高尚无比。我是未来的梵高，你知道梵高吗？就是割了自己耳朵的那个。你想要名留千古吗？那就让我给你画张艺术肖像！"

他说"割耳朵"的时候，左手无意识在胯间划了划。当时我正在刷牙，口都没来得及漱，一溜烟儿跑回到自己房间，将门"啪"的一声甩上。转完三道锁，这才发现，惊慌之中牙膏沫全给咽下去了。

为了换一个正常的室友，我决定去赚钱。可除了"你好""拜拜""谢谢""妈的"，我连个短句都说不完整。

有一天，我路过小城区的一家中国快餐店，刚好撞见老板在征招服务员。我好话说尽都快给跪下了，老板才破例收我作员工。

头两个晚上，Tomi 陪着我挑灯夜战，教我一些简单的菜单用语，为了方便记忆，我统统用中文代替记了下来。比如，"谢谢"是"地沟油"，"再见"是"去死"，"鱼"是"篱笆"。

睡前，他最后一遍纠正了我的发音，还端给我一杯蜂蜜牛奶，与此同时摸摸我的头，说："小蜜蜂别担心，工作中练语言是最快的！"

第一天上班，我问客人饭里要不要加鸡肉，结果发音不准说成了皮肤。客人问了十三遍"什么"，我答了十三遍"皮肤"。我知道，就算他问三十遍，我依然会自信满满回答成"皮肤"。后来，客人骂了一句"神经病"就走了。

第二天，我为了表现得更好一些，双手捧着一个瓷瓶，满脸谄媚地来问客人要不要"醋"，结果一开口就说成了要不要"爸爸"。谁让这俩词儿这么像呢？客人账都没结拔腿就跑，走到门口还破口大骂说要告我们店贩卖人口。

我觉得我的捷语不会好了，世界也不会好了。而雪上加霜的是，在上任的第三天，我被光荣开除了。

那天晚上，我很是沮丧地推开家门，Tomi 穿着他的 Kitty 睡衣出来相迎。我将香槟往桌上一拍："拿杯子来！"

"发财了？"

"被开了！"

"恭喜你，自由了！"

"我擦！我擦！我擦！"

Tomi 坐过来，将一条特别可爱的小毯子披在我身上。想了一会儿说："别担心，我知道你特别需要钱，那我就行行好，允许你周末跟我去河边市场摆地摊儿！卖我的画儿，效益好的时候能赚上很多！咱俩一起去，最后四六分成，你四我六。"说着，他拿起一片吐司，据我多天的观察，Tomi 最喜欢吃冷掉后口感疲软的吐司了。

我赚钱本是为了摆脱他，不料到头来是他帮我想办法。我突然有些不好意思，然而，蓬勃而起的羞耻感被瞬间打压，就算再忘恩负义，那也总比天天被追着画人体强啊。

我擦我擦我擦，考虑不到一秒钟，我愉快答应下来了。

毕竟是室友，Tomi 不追着我画人体的时候我们相处得不错。他有个男朋友，是二星米其林的高级大厨，经常来家里给我们做好吃的，泰式、法式、意式，式式拿手。

一开始我对他没任何好感，因为每次一来他们俩就在房间里搞得鸡犬不宁，烟雾、袜子满天飞，洗个澡出来恨不得整个浴室都是粉红色的泡沫。可后来，每每想到那些离经叛道的蒜蓉牡蛎、烤面团包的松露和鹅肝，我竟垂涎三尺盼着那厨子来访。

那段时间，他俩一如既往地好着，我一如既往地背着 Tomi 把房子找着。

周末，我俩三点起床四点占位。我以为我们足够早，不料跳市外面已经排成长龙了，Tomi 说，很多卖家开房车来，前一晚就在车里睡。好的地段都被占了，我们无计可施。没办法，开场的时候，Tomi 硬是舍身跳了段伦巴。

七个小时，我们赚了将近 5400 克朗。Tomi 很开心，当场将钱分给了我。

快收市的时候，我闹着要去吉卜赛女人的大帐看看。Tomi 叮嘱一句"注意安全"就跑去一旁喝啤酒了。我走进帐子细细看，驱魔物品一应俱全——草药、水晶球、各种骷髅吊坠。

女人要我坐下，扳住我的手掌翻来覆去地看，口中念念有词。我擦我擦我擦，说了那么多，跟咒语似的，我发挥了一切想象可还是一句没听懂。

我欲付钱，伸手一摸发现钱袋不见了。我又上上下下摸了好多遍，果然，钱袋丢了。惊慌失措之下，我几次要往门外冲，吉卜赛女人却玩儿命拦着不让我走。

就在这时候，Tomi 走进来，他问，怎么了？我说，钱包不见了。他帮我付了钱，我们一路摸索回去，一路找一路问，无果，我坐在路边的树墩上放声大哭。Tomi 说，丢了就是丢了，还好不太多，就当买个教训，以后长个心眼儿。然后，他将卖画剩下的钱全都掏给了我。我攥在手里数了一遍又一遍。

"还有 40 克朗呢？"

"刚才喝了。"

那一刻，我觉得 Tomi 简直是这世界上最 Man、最善良的人了！

既然没钱，就与新房无缘。这是整个世界的法则——No Money，No Honey！Tomi 倒没觉察到什么，他与厨子男友爱得如火如荼。那时候，我已经适应了欧洲好山好水好无聊的生活。总结起来无非就是：自娱自乐自慰自作。

生日那天，Tomi 送我一张他的自画像，还将一支价格高昂的粉红小棒棒塞到我的手上。我死活不要，他却劝我说："这个跟牙刷一样哦，刷刷心理更健康哟！"妈呀，难道我已经窘迫到要一个"取向不明星人"来同情我的精神生活了么？

认识鲁道夫，是因为 Tomi 朋友组织的一次聚会。刚才走到酒吧门口，我就听到有人高声喊着："啊——宫保鸡丁！鱼香肉丝！售票处！天安门！啊——我爱中国！"

与此同时，一个脑袋和肚子一样圆滚滚的洋人向着我阔步走来。

Tomi 突然跳到我面前，将双手从胸口一字划开："Surprise, 小蜜蜂！他是我的朋友鲁道夫，孔子学院的学生，会中文哦！"

经过一晚上的摸来摸去、暧昧不清，我俩的关系算是草草确定下来。最先是 Tomi 在 Facebook 上发了消息："我们家的小蜜蜂恋爱了！"

鲁道夫是个建筑大师，睿智、肃穆。他有自己的公寓，在近郊。房子本是买来跟未婚妻结婚用的，结果盼得苦尽甘来日，未婚妻却没挣扎过最后一刻，和上司远走他乡了。

最初的那段时间，我们相处得不算舒坦。鲁道夫邀我吃饭、散步、看电影，我偶尔去他那里住。可他不会像 Tomi 那样帮我挤牙膏，不会声情并茂地陪我说话，也不会穿着睡衣给我送自调鸡尾酒。

而令我高兴的是，我俩的沟通方式是国际化的：捷语说不通说中文，中文说不通就换英文，要是英文再不行就比手势，再不济，就将几种方式混合在一起。

我和鲁道夫之间始终维持着相当融洽的关系。不是因为我温柔他谦和，而是沟通障碍所迫，骂人的词儿掌握太少。有时候他生气，声情并茂连爆一串儿，末了，我满脸无辜地问句："What？"他的火气立马烟消云散，自言自语几句也就过去了。

有的时候我们各执一词，驴同马讲，吵到最后无法收场，二话不说直接上床。再后来我俩也懒得瞎比画了，无民族无国界，一炮泯恩仇永远是缓和男女关系的制胜法宝。

不是涉及不到原则性问题，只因为说不清楚干脆避开。当然，我们也有因日常琐碎擦枪走火的时候。比如有天早上他起迟了，为赶时间，一边刷牙一边跟我说："亲爱的，难道你不能帮我拿一下剃须刀么？"

我说："不，我能。"

"What？"

难道是："能，我不？"

"What？"

或者是："不，我能？"

我在这边歪着脑袋掰扯语法，他却忍无可忍从盥洗室冲了出来，一把将我推开。他的凶猛是情有可原的，住家那一站每隔二十分钟来一趟车，毫无疑问，那天他迟到了。

这样的事情层出不穷，到后来也就见怪不怪。当我俩沟通不畅的时候，他便很自觉地退避三舍。我也不多问，干脆闭嘴。当然，这得分情况，有时候，我也会直接扑上去缠住他一阵狂吻。

有一次，鲁道夫完成了一个大项目，说吃顿好的做庆祝。他自己备菜备料，同时递给我一张写了单词的小纸条要我去楼下小超市买黄油。

我进了超市，妈呀架子上满满当当全都是黄油，各种牌子，各种品种。我挑了一块儿尺寸里最胖的，价格里最瘦的拿上楼，兴致勃勃地拿给鲁道夫，他惊呼一声，差点儿背过气去——好吧，那是块儿猪油。

于是，那天我们吃了廉价猪油炖昂贵鳕鱼，伴着煮土豆，我觉得再多吃一块儿，我俩差不多要腻到地老天荒了！

没过一会儿，鲁道夫将甜品端出来——左一个右一个，拼凑着看，正好一对儿咪咪盘中坐。

饭后，我将锅碗瓢盆放进洗碗机，鲁道夫一边刮我的鼻子一边夸我"小笨蛋"，夸着夸着，我们就抱在一起了；抱着抱着，我们就亲上了。

我和鲁道夫越爱越深，对彼此的好奇促使这段爱情神速发展着，我的旅游签眼看着就要过期，他甚至承诺给我，会以最快的速度办理手续，娶我进门，定不会放马南山。

然而，就在我要搬去与鲁道夫一起住的时候，剧情发生了反转。

有一天，我在市中心星巴克买咖啡，猛地被人从背后拽住。我以为自己被劫持，差点放声大叫！与此同时，对方会摆出副无比狰狞的面孔："你叫啊，叫啊，叫破了喉咙也不会有人来救你的！"想着想着，我一记右勾拳糊到了对方的脸上。他的眼镜随之滑落，并且毫无意外地，被我没落稳的左脚踩断了。

然而，事实并非如此。那男人目瞪口呆看着我，胸前捧着副断了脚的眼镜，神情别提多无辜："你是不是海塘？我是霍然啊！你干吗假装不认识我？"

能叫出我名字的，兴许是拿着紫金红葫芦前来收我的，可敢于自报家门的，应该不是什么坏人。我端着咖啡，搜尽脑中一切有关这张面孔的信息，却什么都搜不出来。

"我不认识你啊！"

"怎么可能！我知道说出那些话是我不对，可我也是一时冲动。眼见不一定为实，我和清河之间那事儿就是个误会，你太敏感。"

"我真的不认识你，更不认识什么清河！"

"你再好好儿想想？"

我一再强调，他一定是认错人了，我不但不认识霍然，也不认识虽然、依然、既然、孜然。

可是对方全然没有妥协之意，他招呼我在落地窗边坐下。我觉得这人真好玩儿，便开门见山："看你这副派头，是来旅行的吧？是一国游啊还是多国连排游啊？"

"我是来欧洲找我女朋友的。"他低头摆弄镜架，试图将它们拼起来。

"对不起啊，我赔你眼镜！"

"没关系，我还有一副应急的。我是来找我女朋友的。"

"找女友找到欧洲来了？看不出来啊，泡得还挺长远！"

"我是来欧洲找我女朋友的！"他重复到第三遍，抬起头紧紧盯住我。

"先生，我不聋，您别老重复一句成么？"

"我来找我女朋友，海瑭，你就是我女朋友！"说着，他的左手就搭上了我的肩膀。

妈呀，有认干爹的，有认亲妈的，可第一次遇见漂洋过海乱认女友的。难不成，我被牵扯进了一起蓄谋已久的国际人口贩卖案？

"先生，饭能乱吃，话能乱说，女友可是不能乱认的！更何况我已经有男朋友了，很强壮！小心把你剁成肉酱扔到河里喂大鱼！"

他看我的眼神很怪，有点儿像痛彻心扉的变态。我咖啡也不喝了，杯子往桌上一扔，站起身拔足欲逃。不料，那男的一个眼疾手快，将我摁回到了座位上。

"你怎么这么快就有男友了？海瑭，这像什么话呀？排队也得有先来后到吧？难道欧洲就没有王法了？"

"咱俩素不相识，跟你有关系么？你这人是不是有病？"我装出一副气壮山河的姿态，其实已经快要吓虚脱了。

"他跟我没关系，可你跟我有关系啊！"

"我跟你说，我最近得了失忆症，自己怎么到这儿的都想不起来，我凭什么相信你？"

"你见过跋山涉水来拐骗少女的么？更何况，我长得如此温文尔雅，像么？"说着，他撸起袖子拽起一条手绳给我看，"这个，你送我的！"

我很是诧异地拉开自己的袖子现场配对儿，果然，和捆在我手臂上的小红绳一模一样。看到对方诚意满满的脸，我迫使自己冷静下来。后来，为了证明自己说的是真的，他要我给他几天时间，和他同游布拉格。

那段时间，鲁道夫出差去阿尔卑斯山，无法及时联系。我回到家，想要和 Tomi 商量。当时，他正躲在画室作画。推门而入的瞬间，我俩不约而同被对方震慑到了。我看到……一个男人，赤身裸体披着一块红塑料布，对着镜子半蹲着，一面画画一面微笑。

我尖叫一声，将门"啪"一声摔上，过了一会儿，Tomi 走出来。他穿好了衣服，一只粉红色的 Hello Kitty 又活蹦乱跳地出现在我面前。

"你别误会啊小蜜蜂，我暂时找不到模特，你也不让我画……"

"停停停！就当我刚才暂时性失明。对了，有事儿和你商量。"我将事情的来龙去脉说给 Tomi 听，又一脸担忧地等待答案。不想 Tomi 竟兴致盎然，他告诉我，这世界上好人永远比骗子多，既然这么有趣，不妨信了他。

于是，我的失忆成了这段旅程的导火索。

五天的时间，足够我们将整个布拉格翻个底儿朝天。可奇怪的是，霍然有一套自己的路线，我从一个智美兼并的导游，变成了一个名副其实的跟屁虫。

那是一份超值的旅行计划，从城堡到广场，再到新城区，落脚点错乱无序，完全无迹可寻。霍然还有一张城市地图，上面密密麻麻做着标记。我细细研究了那份旅行清单，甚至开始相信他说的话，他并非来旅行，是来寻人的。

要在意大利店吃 Cookie 口味冰激凌、要到列侬墙标识左下角画桃心、在查理桥第七处神像下拍照，五点爬上城墙看日出，接一个绵延咸湿的法式热吻……

我只看了一眼就将最后一项拒绝掉了。孤单寡女的，蹲在城堡墙头行为不轨，成何体统？

"原来你未雨绸缪，在这条等着我！"

"有何不可？你可是我女朋友！"

"明明就是居心叵测！我保留怀疑态度！"

于是，在我的威逼利诱之下，最后一项被划掉了。

奇怪的是，很多时候我都觉得霍然似曾相识。比如我们去买咖啡，霍然帮我点单。我仓促丢下一句要拿铁便抢着去占位儿。过了一会儿他坐过来："你的拿铁，低温、脱脂、多一份浓缩。"竟与我的喜好分毫未差。

再比如我俩去甜品店吃下午茶，好端端的一份 Cheese Cake 他硬要服务员将 Cheese 和 Cake 分开。服务员问："Why？"霍然指着我："她乳糖不耐。"

"你会读心术吗？还是专门调查过我？不然怎会对我的喜恶了若指掌？"

霍然特别深情地望住我："我说了一百八十遍你是我女朋友你怎么就不信呢？"

每次他这么说，我都觉得自己受到了精神玷污，心情好的情况下立马闭嘴或者借势转移话题，心情不好照着他的裆部一脚踹过去。

　　白天有失了恋的痴情男照看，晚上回家和女性特征泛滥的花美男聊得火热，周末和洋男友爱得死去活来。几天过去，我竟开始享受这种交际花似的生活，甚至依赖起霍然对我的无微不至来。

　　第五天清晨，我起得很早。虽然最后一个项目被划掉了，可我还是陪他登上了布拉格城堡。我俩盘腿坐在宽阔的城墙上等日出，晨风拨乱了我的发，霍然很温柔地帮我理好。我看着他被阴影劈开的侧脸，竟有些恋恋不舍。

　　就在太阳从残余夜幕挣脱而出的瞬间，霍然回头吻了我。那个吻潮湿而绵延不绝，细细尝，竟然有往事的味道。

　　与此同时某个瞬间，我记忆的黑洞被点亮，一个学生模样的男孩子扶着眼镜冲我微笑。他说："你好，我叫霍然，你也第一次来布拉格吗？"

　　接着，记忆以回潮之势涌进我的大脑——

　　"霍然，你的鞋带开了！"

　　"海瑭，我们租下河边的公寓好不好？"

　　"霍然，你的胡子长了，发型真难看！"

　　"海瑭，等到我跳槽成功咱们就结婚！"

　　"眼见为实，你还做什么抵赖？"

　　"你这样无理取闹，不如分手！"

　　回过神来的时候，霍然正将一枚指环套上我的左手，而我，竟没有拒绝。

　　"海瑭，你记不记得我们有过约定，如果某一天，我们在相识的地方再相遇，无论经历过多少离别心酸，都要不计前嫌重新来过！如今，既然布拉格为我们写下了新的起点，那就让我们再重新认识一次好不好？"

我看着他有些失神的眼睛，心生久别重逢的亲切。然而，突如其来的旧疾将话锋推向一边——

"对了，我想起来了！你和李清河在街边拥抱来着！"

"那是误会，是庆祝她升职！她抱了所有人，连看门老大爷和清洁大妈都没放过！"

"那你怎么知道我来布拉格的？我可没跟任何人说！"

"你划我的银行卡买的机票啊，你傻还是我傻？"

"我那是为了报复你！可是你恶语相击恶颜以对，你已经错过我了！"

"擦肩而过又如何？这地球是圆形的，只要我满怀爱与赤诚玩儿命追，就算是海角天边，追求十遍二十遍，我也还是会把你追到手。"说着，他抬头，用他那双琥珀色的眼睛看向我，纤细的下颚轻轻勾起。

对了，你们是不是想知道后来鲁道夫怎么样了？

我将事实一五一十地告诉了他，包括离奇的失忆以及旧爱的回归。他当下满怀诚意拥抱了我，除了深感遗憾，还敞开胸怀给我最美的祝福。后来，鲁道夫将那所房子卖掉了。

我终于明白，无论命运将我们引向何方，无论我们的成长留给过往怎样的痕迹，我们的生命都已经承认了彼此的存在，无论遗憾或侥幸，我们早已亲手将对方钉入自己心里。而在彼此消失之前，这一切都不会褪去。

好幸运，地球是圆形的。因为爱情，世上所有的错失良机、失之交臂、情非得已，统统会在你满腔孤勇、披荆斩棘的无畏追逐中跨山跨水不期而遇。

好幸运，无论咫尺天涯，始终有你伴我左右，一个转身便触手可及。

///

余笙有你

他在身边的时候，方圆十里之内，
风是甜的，天是蓝的，地狱如天堂，黑夜如双眼。

原野坦言要开去机场接安然的时候，祝余笙目光一怔。她没有说话，身子却向后缩了缩。还没等余笙说"好"，原野便径自在她额头印下轻轻一吻，接着穿好鞋子带上了门。就这样，在他义无反顾的背影中，余笙轻轻叹，回忆的碎屑自岁月深处席卷而来——

　　安然是原野的初恋，这个余笙最早知道。早在成年之前，早在上中学的时候。

　　他们三人是青春期的好友，那时候的祝余笙是只羽翼丰满却又顽劣叛逆的丑小鸭，安然则不同，她出自书香门第，喜欢穿象牙色的纱裙，俨然一只金光闪闪的小公主。

　　彼时的原野是位通晓金钟罩铁布衫的护花使者，成天守候在安然身侧，当然，屁股后面还坠着一条猎猎生风的小尾巴——祝余笙。

　　高三第一学期，安然因为学业忙成了一只原地打转的陀螺。祝余笙则不同，她一副随遇而安的模样，屁颠屁颠地跟在原野后面混吃混喝。

有天放假，原野来找她，开着一辆二手皮卡。

余笙提前接到他的电话，心脏"砰砰"跳成了小鹿。她冲进卫生间洗去浑身汗臭，又换了身新衣服。说新衣，也不过是裁到大腿的短裙，和胸口印着粉红顽皮豹跟一只小熊维尼的 T 恤。

除此之外，她还画了眼线跟唇彩，这番装扮果然奏效，令她看上去成熟了不少。她低头望了望电子手表，飞快奔下楼，隔着一扇大铁门，一眼便望见了原野。他将车窗摇到底，将三分之二的手臂伸向窗外，车内放着一首震耳欲聋的慢摇舞曲，他戴着墨镜抽着烟，像极了九十年代初港剧里的男主角。

余笙晃了晃神，稳步走上前。

原野衔起嘴角，几句寒暄，还没等她表达此番见面的愉悦，他便将一只木盒放到了她的手心——"给安然的生日礼物，帮我转交给她。"

余笙听闻，目光瞬间黯淡。可当他伸手摸了摸她的脑袋，她的目光又重新亮了起来。

交代完后，原野上车启动。余笙拍着窗户说："喂，我从没坐过皮卡，能带我一小段路吗？我就到前面十字路口。"

原野挥了挥手，笑着点头。可当他打开前门车门的时候，她却指着货箱，歪着脑袋，问道："我想坐这上面，可以吗？我怕以后都没有机会了。"

他跳下车，放下后面的挡板，刚想托住她的腰，却被她一把推开。余笙红了红脸颊，接着手脚并用翻身上去。

眉目拉风的祝余笙，头顶夕阳，仿佛坐在吉普赛式的大篷车上。她伸开双手，试图抓住迎面而来的风，可当她看到光线从指缝间溜走，当她低头看向自己空空如也的手，突如其来的伤感令她沮丧不已。

心底里，一个声音喃喃说着："原野如风如尘，是你可望而不可即的。"

2008 年 9 月 12 号，祝余笙的十八岁生日。彼时，她读高中，胸部还没完全发育，青春痘也未全然褪去，面孔却因急速生长而变得油腻。

她留毫无个性可言的短发，穿运动衣套装似的校服。原本就细弱的身躯，像是被装在空荡荡的枕头套里。

在感情上，她更是如同一只从未受到过任何表白的小鹿，目光单纯而坚定。

生日中午，爸爸从单位抽空回家，陪她吃了蛋糕吹了蜡烛，生日歌的末尾，她暗暗许了一个全然无迹可寻的愿望。

"我希望原野喜欢我啊，有对待安然的十分之一就足够了。"

她不知道它会不会实现，却执意默默念叨了七八遍。

晚上，她坐在自习室最后排的位子里，无心听课，举头望向窗外黑沉沉的麦田。同桌的安然，俨然一副成熟少女的姿态，兴许是天生丽质，她抢先长成了一颗饱满的麦穗。

她的指尖，拨弄着一支红色的水性笔，桌兜里敞开着一本辛波丝卡的诗集。

趁老师不注意，她将一只信封塞给余笙，与此同时将食指堵在嘴边，示意她别出声。

余笙将信封拆开来看，里面躺着一张小狗形状的卡片，背面还写着一行清丽娟秀的小字——余笙，生日快乐！与此一并奉上的，还有 20 元零钱。

余笙将钱塞进口袋，将纸片翻过背面，歪歪扭扭地写道——去游乐园好吗？

安然甩了甩头发，觉得逃课这种叛逆的事实在算不上什么。她将纸片翻过来——"你的生日 Party，我怎么好意思错过？"

就这样，趁着短暂的课间，两人携手"逃出生天"。

祝余笙穿着宽大的校服，安然一袭纱裙，在蠢蠢欲动的黑暗中，她看上去格外出众。

要说生日 Party，不过是她们两个人。要说别人，那就只有被安然一个电话呼出来的原野。

他们玩了旋转木马跟海盗船，在余笙吐过一轮又一轮之后，原野温柔地提议大家去坐摩天轮。

原野在身边的时候，余笙觉得方圆十里之内风是甜的，天是蓝的，地狱如天堂，黑夜如双眼。

他们挨个儿登上摩天轮，余笙故意坐在了正中间，坐在了他的身边。她为自己突如其来的小心机感到羞耻，可看着原野棱角分明的侧脸，喜悦在心底荡漾开。

然而，随着摩天轮缓缓上升，随着城市的灯光将黑暗照亮，一切仿佛都变得有些不对了。

左侧的原野，轩昂伟岸；右侧的安然，光芒万丈。恍然之间，被夹在中间的祝余笙突然意识到自己的卑微与渺小，在他的世界里，她像一株丢失了聪明的、小心翼翼的、不轻易被察觉的狗尾巴草。

明明是三个人的游戏，她却像极了一个彻头彻尾的局外人。

从摩天轮上下来，他们继续往前走。一条窄窄的道路，在黑暗中仿佛没有尽头。路的右边是夜间乐园，左边是一个面积不大的人工湖。而两道围墙之间，有片杂草丛生的被人们遗忘的废弃区域。

走着走着，安然渐渐放慢了步子。她给原野使了个隐秘的眼色，与此同时，下意识抓了抓他的衣袖。她的动作很小，却足以被察觉到。接着，原野率先开口，以内急为缘由离开，要余笙在原地等待。哪料余笙一转身，这才发现安然也不声不响地跟了过去。

月明星稀，倒影成双。

夏夜的蒿草几乎吞没人的膝盖，四周响彻虫鸣与蛙声，树影婆娑。

大约十来分钟的功夫，两人双双钻出丛丛灌木，原野在前面举着手机打光，安然则不自觉地整理着胸前的纽扣。

余笙仿佛察觉到了什么，目光不自觉地在他俩之间辗转。她有一种感觉，安然跟原野的关系，仿佛起了某种微妙的变化。

当晚，祝余笙回到家，她坐在书桌前，将一大摞杂志翻得哗啦啦作响，却还是掩不住心内的彷徨。后来，她干脆打开冰箱，一连喝掉了两罐可乐，她听着弗朗明戈古典吉他，看着 Nova Menco 的海报，将音量调到最大，双腿还在地板上跟着节拍用力跺着。

兴许是余笙的情感嗅觉过于敏锐，果然，第二天，一切都变得不一样了。

安然不再赖着余笙陪她上厕所，也不再拉着她一起去操场的草坪散步。

冥冥之中，安然右侧的位置，被原野全然占据。而夹在他们之间的祝余笙，她的话越来越少，舌头像是被现实冷藏。

在情感夹缝中苦苦挣扎的祝余笙，很容易便陷入了生活的逼仄。不知从什么时候开始，自省变得束手束脚，自欺却屡屡发挥超常。

失望之际，她突然想起文森特·梵高说过的一句话——"I would rather die of passion than of boredom（我宁愿死于激情，也不要无聊透顶）。"

是啊，余笙默默想着，我宁愿昙花一现，也不愿活成一株孤立无援的仙人掌。

祝余笙读《简·爱》《飘》《情人》《茶花女》，读杜拉斯、简·奥斯丁、欧·亨利、维克多·雨果……你们大概知道她是怎样品位的人了吧？可她最爱一个叫米兰·昆德拉的男人，《不能承受的生命之轻》她看了不下十遍，在小学、初中、高中、大学，在图书馆、马桶上、课桌下，以及午夜的席梦思床上……每看一遍，她都要流下眼泪，再用掉大半盒纸巾。

少年爱恋，暗度陈仓。像是开在暗处的花，其中喜悦唯与彼此分享。

然而出人意料的是，安然总擅于令原野感伤，她擅于欲擒故纵，也擅于摆出各种虚与委蛇的姿态。她对临班的男生笑得暧昧，对高一级的学长嘘寒问暖。

一次稀松平常的心碎过后，原野来到祝余笙的公寓楼下，他面色沉重，开着跟上回一模一样的皮卡。

可这次不同，这次是余笙主动打电话给他的。原野为余笙拉开车门，一股腥热的晚风灌进来。她看着他的侧脸，原地顿了顿。这一次，她没去后车厢，兴许是出于安慰，她乖乖坐进副驾。

她主动开口寒暄，说着一些无关痛痒的话，原野不接茬，死死盯住方向盘，保持沉默。

良久，余笙将那只木盒从包里掏出来，原封不动地放到原野的手边。这期间，他背对着她接了一个电话，听那语气，应该是安然打来的。

放下手机，原野用力拧紧眉毛，不等安然开口询问，便一脚踩下油门，发动汽车。

一路上，好几次她都斜着眼角偷偷看向他。他的侧脸有种古希腊雕塑般的立体感，像道貌岸然的纨绔子弟。这令她意欲上前，却又不自觉地保持距离。

开到乐都大街，眼看着天光寸寸散尽。他突然指了指道路尽头的摩天轮，轻轻转了转脑袋："要去游乐园看夜景吗？"他的笑容很好看，藏着种疲惫、却又经久不遇的温柔。

她看得有些着迷，少顷，点了点头，却又迅速摇了摇头，在原野茫然不解的目光中，她又迟疑着点了点头。

这是祝余笙此生第一次在男生面前犹豫不定，那种感觉，就像炎炎夏日站在剔透的水晶冰柜外，难以选择吃哪个口味的冰激凌。

转眼，毕业季来临。拿到录取通知书那天，在同班的散伙宴席上，原野如刑满释放一般大肆宣布与安然携手余生的消息。这件事像是一艘潜艇入海，令原本平静的海面顿然波澜四起。

而在众人的频频祝福与起哄声中，余笙得知自己落榜的消息。

有天中午，为表示安慰，原野约她在学校后门的川菜馆吃饭。当余笙将最后一块鱼香肉丝扫进胃里的时候，原野突然笑着说道："你知道么，隔壁班的阿胜暗恋你三年！你真的一点儿都没察觉？"

"没有。"余笙神色平平，将筷子往碗边一摔。

"那我好心提醒，有没有报酬？"

余笙晃了晃脑袋，反唇相讥道："我谢谢你全家，再免费赠送屁味棒棒糖！"

她接着翻了个动人的白眼儿，嘬了一口淡如白水的招待茶，抬手指了指一旁的服务员："这个服务员很风骚，感兴趣的话你可以泡一泡她。"

"小心我抽你！"原野扮出一副大奸大恶的样子来。

"嘿嘿，你终于被我激怒了！要知道，我上学的时候可以算得上整个学校唯一考不上大学的毕业生了！我没有选择复读，令校长跟老师同时舒了口气。升学率和平均分都被保住了，再也不用担心被我拉低了。"

没有优异成绩做筹码，祝余笙失去了自己选择未来的权利。没多久，便被家人强行流放去欧洲读书。

原野跟安然去机场送她，一番拥抱告别，一番痛哭流涕。

她的目光死死拽住他转身离去的背影，在心里反复默念着："你不能消失在我的视野里啊原野，你可是我的生命之光！"

当飞机巨大的翅影划破地平线，余笙坐在机舱里，引擎发出巨大的轰鸣声。原野的眉眼，安然的一颦一笑，操场东南角那棵枝叶繁茂的蔷薇树，还有十七岁那晚霓虹黯淡的游乐场……这一切的一切破碎成一段段希区柯克式或者大卫·芬奇式的蒙太奇，自她的视觉平面一一划过。

她突然觉得鼻头很酸，还有一点点流泪的冲动。于是，她拉下眼罩，将大半张脸牢牢盖住。

从此，前尘旧事，天涯相隔。

原野自小在西北边镇长大，之后考来这座沿海城市上中学、大学，被生活惯性所裹挟，毕业后执意留了下来，忙理想，忙生存，投身于茫茫人海，继续闯荡。

渐渐地，他发现了一件有趣的事。他发现小镇的人们长着一张张稚拙的笑脸，而大城市过客匆匆，人们内心炙热却一贯挂着高贵的冷漠。

可是记忆中的余笙不一样，她好似生来一副笑口常开的明媚模样，擅长用满心热忱抵御世态炎凉。

独自闯荡，生活的苛责令余笙变得无畏又坚强。可在某些夜深人静的时刻，当她在床上辗转反侧的时候，她看着无穷无尽的星空，陷入一种无以名状的忧伤。

兴许真的如博尔赫斯所说的那样："命运之神没有怜悯之心，上帝的长夜没有尽期。"祝余笙暗暗想着，将手机相册中的照片一张张翻过。

在一个闷热的夏日的夜晚，余笙做了一个遥远的梦。

梦中的他秉持着满身一如往昔的温柔，在街角一丛小叶女贞的旁边，他竟然张开双臂拥抱了她。

　　余笙没忍住，低低喊了一声——"原野。"

　　下一秒，画面忽而扭转，安然愤怒的面孔自天外而来。一股强烈的歉疚如同海潮来袭，余笙将原野一把推开，转身冲上马路。在令人眩晕的日光下，在街角夹竹桃的阴影中，安然的真身出现在了车水马龙深处……

　　一声惊呼，余笙梦醒。

　　兴许是冲动作祟，她伸手夺过床头柜上的手机，犹豫再三，最终拨通了那串了然于心的电话号码。

　　"嘟嘟嘟……"等候音配合着余笙毫不自持的心跳。

　　很快，电话被接了起来。

　　"喂？"

　　"……"

　　"喂？哪位？请说话。"

　　"……"纵然万语千言，此时此刻却哽在了喉头。

　　"余笙？余笙……是你吗？"

　　像是被猜中了心事，余笙提前准备好的措辞被打乱，惊慌之中，她"啪"地将电话挂断。

　　是我啊，原野，是我，祝余笙。原野……你还好么？

　　安然与原野的情感生活想必已步入人生的正轨，而这期间，远在异国他乡的祝余笙也心不在焉地爱上过几个人，他们每一个都像他，却又偏偏都不是他。

他们或多或少具备他的特质，他的幽默，他的稳重，他的忠贞不渝，他的偶尔冷漠……

可是爱到最后，通通不了了之。有的是因为性格不合，有的是因为观念相悖，而更多的时候，是余笙先发制人——"对不起，我突然就不喜欢你了，没有原因。恋人肯定没法做了，做不做回朋友，随你的意吧。"

久而久之，在大家的心里，祝余笙成了一个纵情欢场、随波逐流的人。可没有人知道，也没有人关心存留于她心底的那份执念与不渝……

三年之后，余笙大学毕业，联系好工作，回到这座久违的城市。

一下飞机，还没取出托运行李，她便拨通了安然的手机："我到啦，出来吃饭！"安然很自然地，没有拒绝。

她们约在商圈的一家地中海式餐厅，当然，原野也一道前来。看见余笙的瞬间，他脸上的尴尬稍纵即逝，可他很快整理好思绪，接着走上前来，轻轻拥抱了她。

或许是他的动作太过轻柔，又或者是太久没见，那个浅浅的拥抱，竟然催得她就要落下泪来。

随侍应入座，他们点了酸鱼汤跟海鲜饭。这期间，安然的手机频频亮起，也的确有几个电话打进来。

她迫不及待地避过众人起身去门口接听，留原野在原地点起了烟。

余笙夹了一块鱼肉放入原野碗里，原野抬头说谢谢，目光明明灭灭。余笙心生疑惑，却不好开口询问。要知道，天各一方多年，漫长的分别使他们之间的感情早已回不到最初那般亲密无间。

整个晚餐期间，原野与安然全程无交流，看上去熟悉又陌生。余笙只好撑着副僵硬的笑，讲述自己的经历，讲述异国的天气，为满桌难散的窘境打起了圆场。

其间，当原野问起她的情感经历，她也毫不掩饰地如实招来——

"是没心没肺地爱过几回，只有一个时间最长。他家条件不错，为取悦我还给我开了爱心账户。后来他劈腿了，跟我家邻居，一个美越混血，那女孩儿丰乳肥臀，随意勾勾手指，风骚到月球！"

"分手以后，我可不想感情没了钱还在！我痛定思痛，决定及时行乐，第一步计划就是花光爱心账户里的所有存款！当时我就在想啊，我还没去过沙漠，于是上半年去了趟摩洛哥，下半年准备去海参崴，明年再去趟美洲跟南极，最好能醉生梦死在圣彼得堡，一头倒入满口斯拉夫腔兔女郎怀中，之前过往的细碎片段就不要再想起来了，直接洒在波罗的海就好！"

这番话，余笙讲得行云流水，安然神色冷漠，而坐在对面的原野却听得瞠目结舌。

正餐吃完，还没等甜品端上桌，安然便起身，借口离开。而令余笙感到意外的是，坐在她身旁的原野竟然没有过问。

……

周三，余笙从酒吧回到家，已然临近午夜，她却很是意外地接到了原野的电话。他的声音颓废，写尽了倦怠。

余笙小心翼翼地问着："发生什么事了吗？是不是心情不好？"

原野停顿了一下，像是隔着话筒深深提了一口气。接着，他故作轻松地说道："天好热，想吃冰激凌，现在要是有一支冰激凌就好了。"

余笙又问："安然呢？"

"不知道。"

不知道？模棱两可的答案，像是搪塞，更饱含着深深的无奈。

明明是三更半夜的无理取闹，可在余笙听来，原野的请求就好比小孩子为了糖果撒娇。

她挂了电话，将零钱统统倒出来，冲下楼，在便利店买了一大包火炬甜筒，接着在路边拦了计程车，一路杀到原野家。

当原野拖着满身丧气拉开房门时，祝余笙二话没说，将冰激凌往他怀里一塞。一阵凉意自手掌传入心底，一种稍纵即逝的错觉令原野生生怔在了原地。

"安然呢？回来了吗？"

"我们分手了。"他声色黯然。

这下，换余笙怔在了原地。

回忆当初，早在那位"小清新牌"台湾学长打马而来的时候，安然跟原野一拍两散的结局便已初现端倪。

她去陪学长参加网球比赛，却跟原野说学姐做校报需要帮助；她周末临时推掉他的约会，只为在学长兼职之后陪他多走上一段路；她甚至买了围裙跟食材，亲自下厨，为学长准备慰劳便当……

这一切并非无迹可寻，可每每原野提出质疑，却都被她巧言辩解掉。一直到原野发现她手机中大段大段的暧昧短信，他们爆发了恋爱以来的第一次极度剧烈的争吵。

原野忍不了背叛与欺骗，愤怒之余摔丢了遥控器电池；安然被逼到词穷语匮，一抬手，摔碎了三只茶杯。

战火一旦拉开便很难结束。五次三番的争吵，令彼此山穷水尽、疲惫不堪。可每每说到分开，安然却又苦苦哀求原野留下来……

在沙发上对坐良久，原野也没询问余笙乐不乐意，走进书房，径自拿出笔记本跟录音笔。

他将本子递给她，红着眼，温柔发令："我来说，你来记！"

安然手足无措，只好茫然地点了点头。

没多久，薄薄的笔记本便被她的"祝式狗爬体"写满，她又拿过录音笔，手忙脚乱地摁下了开机键。

他道尽了与安然之间的甜蜜过往，就连互相喂饭的细节都没有放过。可这在余笙听来，如同芒刺扎心。

经过好几次回旋式叙述之后，原野终于停了下来。

"这是收集分手证据？"余笙小心翼翼地问道。

"不算。不过我还会再找你的！"他伸手摸了摸她的脑袋，送她出家门。余笙透过自己的头皮，感受到他的手大而温暖，几乎能够融化她所有的脑细胞。

"照顾好自己。"她轻声说道。

而祝余笙没有想到的是，她前脚出门，原野后脚便毅然决然地将本子跟录音笔扔进了垃圾桶。

送走余笙的原野，颓然拉开一罐啤酒，就着黑漆漆的夜空，坐在高高的窗台上。

兴许是情势所迫，原野突然间顿悟，原来有一些从始至终被认为坚不可摧的事物，也会在某个寂静的时刻轰然倒塌。曾经的收获、曾经的付出，记忆竟毫无怜悯地将它们全部扫除，所有的反抗统统被宣告无效，残存一个冰冷的事实——万念俱灰。

整晚的焦躁难耐，令他辗转反侧。睡不着，干脆从床上跳下来，他从冰箱拿出一支火炬甜筒，剥掉塑料包装，露出冰山般的奶油雪峰。

一口气吃掉三支，普普通通的冰激凌，却被原野吃出了一种说不清道不明的异样感触。不知不觉中，祝余笙笑嘻嘻的面孔浮现在黑暗深处。兴许是甜筒吃了太多，他周身一颤……

两个多小时之后，原野从机场归来，抱着一捆花回到家。祝余笙抱着他哭了很久，说他已经好几年没给她买过花了。

在一起的这些年，他们一同体味过甜蜜，也误闯过太多困境，感情可谓不深不浅。然而，一旦生活开始顺风顺水，激情跟誓言也就难免归于平淡。

若时间就这么一天天过去，你不会觉得它形如白驹。反倒是站在某个时间的节点，因为某个事件的发生，令你不得不回头去看的时候，朋友的离开，亲人的撒手人寰……蓦然回首，这才发觉岁月忽已老。

余笙将一碗绿豆汤递给他，刻意回避着他的眼神，也回避着与安然有关的一切话题。在原野近乎完美的侧影中，她突然想笑，有时候，她觉得自己真像一只善于掩耳盗铃的鸵鸟！

原野喝完汤，将碗筷放回厨房。他并没有像往常那样回书房加班，而是扶住余笙的双肩，拉她坐到沙发上。在她惴惴不安的揣测之中，原野轻轻开口。他解释说，分分合合，兜兜转转，安然终于跟那个台湾学长分开了。她说他太善于伪装，一直说自己是豪门，其实不过是宜兰周围的一户普通农家。他们都已经订了婚，终了，却落得不欢而散的惨痛下场。

"所以呢？"余笙目光惴惴，不敢看向他的眼。

"所以？所以有时候我觉得你经历的事情越多，眼界越是开阔，便越会对这世界多一点宽容。"

余笙不清楚原野此话的意图，也不知道该随声附和些什么。她沉默着，将鲜花一枝枝插入花瓶。与此同时，心里默默念："原野啊原野，如果我真的喜欢你，能否将你永远留在生命里？"

不知不觉间，原本坐在沙发一端看报的原野出现在了她的背后——

"老婆，纪念日快乐。愿你永远年轻，永不迷失方向。"他轻轻说着，带着一如既往的温柔。

像是霎那间意识到了什么，一声惊呼，余笙转过身，却恰好被他拦住了腰，接着又被温热的吻堵住了嘴……

良久，余笙将款款目光自原野脸庞移开，她心满意足地仰起脑袋——

此夜盛夏，星辰如海……